I0647258

رياض القاضي

أحدب بغداد

دار الحكمة
لندن

- أحدب بغداد

- **المؤلف:** رياض القاضي

- **الطبعة:** الأولى ٢٠١٥

- **الناشر:** دار الحكمة ـ لندن

- **التصميم:** شركة MBG INT ـ لندن

ISBN: 978 1 784810 19 1

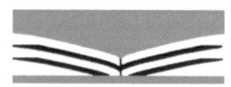

DAR ALHIKMA
Publishing and Distribution

Chalton Street. London NW1 1HJ Tel: 44 (0) 20 7383 4037 Fax: 44 (0) 20 7383 0116 **88**

E _ Mail: hikma_uk@yahoo.co.uk Website: www.hikma.co.uk

الاهداء

الى كل عراقي وعربي باسل، تزّودوا بالعلم قبل السلاح.. فالعدو لم ينل منا الا بعدما افشى الفقر والجهل في بلادنا وسرقوا حضارتنا لينعموا بها.

فنحنُ من علمناهم الأدب والشعر والفنون..

وتذّكروا بأنّ الحُكم هو بالعدل - العدل اساس المُلك - فوُفر لي يا سيدي الحاكم الخبز والأمان والمسكن ثم اقّر قانونك علي.

المؤلف

٢٠١٥

١

جبّار عودة ـ أحدب بغداد ـ أو قنبورة بغداد ـ رجل في الستين من عمره .. بدين الهيئة قبيح الشكل له سحنة القرد، قوي البنية، قصير القامة .. في عينه اليُمنى بؤرة بيضاء، اسمر اللون أعرج، وله حدبة في أعلى ظهره .. اعتادَ كلما شق سبيله في الطريق أن يكلّم نفسه بغضب يلعن يومهُ .. حاد الطباع، مهنته دفان .. عمل في أغلب قبور بغداد وضواحيها، ومعروف بكنيته (أحدب بغداد) منذ زمن بعيد، وله مكاتب للدفن أيضا. ولأنه دفن شخصيات عديدة كانت سمعته كدفان واسعة الانتشار في أغلب مناطق بغداد حيث امتهن الدفن منذ أن كان في الخامسة عشرة من عمره.

صوته خشن ومبحوح، ويبث الرعب في أسماع الأطفال، ولربما أسنانه التي اسودت من أثر التدخين كان منظرها كافيا لإثارة الاشمئزاز في نفوس من يكلمهم، وخصوصا أنه لم يكن محبوبا في المجتمع العراقي، واثناء اتخاذ قراره لايجرؤ أحد من

عماله أو اسرته على التعليق أو مراجعة ما أمر به، كل المحاذير الجالبه لغضبه لاغية .

له ولدان، البِكر: سلمان ٣٠ عاما: ضئيل الجسم له ملامح والده بعض الشيء، منحدر جبهته وعيناه الغائرتان وبروز ذقنه، شعره أسود مفروق وممشط بعناية، كذلك شاربه .

وأما الصغير عبود، ٢٧ عاما: متين البنيان بعض الشيء، في انفه اعوجاج، واسع الشدق، رأسه كبير وعلى جبينه ندبتان .

أمّا الام ـ حسنية ـ مهنتها غسل الموتى من النساء، ولا تتردد في سرقة أي شيء .. قبيحة الملامح .. سمراء، انفها كبير ومدور .. ذات ضحكة ماكرة، ولها شامة كبيرة على خدها الأيمن يبرز منها شعر كثيف مقزز .. تتلفح بحجاب أسود على شعرها ..غليظة الطباع والشكل .

ـ مضت شهور على سقوط بغداد، ومازال شبح صدام يراود العامّة من الناس، رغم انه في مكان غير معلوم .. (قال جبار وهو متكئ على الاريكة وسط الصالة الصغيرة، في بيت تهالكت جدرانه من الرطوبة، وقد تشققت الزوايا بشكل واضح، فلا إنارة لكي تزيح شبح الظلام من البيت .. فالحرب لم يُبق على شيء مفيد، لا كهرباء ولا ماء .. فقط اشباح القتل تطرق بيوت ساكنيها وتقتادهم الى مصير مجهول) .

كانوا جالسين يحتسون الشاي في لمّة مشبوهة وكأنه اجتماع لتقرير خططهم ما بعد سقوط بغداد تحت شعلة الفانوس الخافت..

ـ معركة حمقاء، فنحن لم نزيحه فأين وجه اليقين من الاحتفال؟

ـ قال عبود بشيء من الجديّه ـ .

رمقه أخوه الكبير بنظرة منذرة قائلا :

ـ لا أريد ان اسمع منك هذا الكلام مرة أخرى .. (ثم بنظرة مستهجنه) مفهوم؟

ـ مفهوم (قالها وهو يحني رأسه صاغراً) .

ثم واصل أخوه الكبير كلامه محتسيا كوب الشاي باديا على وجهه تعبير قاسي وقال بصفاقة :

ـ صدام حسين قتل منّا الكثير وكأننا خرفان .. وهاهو تلقى ما يستحق .

ـ الله وحده يعلم كم حقدي عليه كبير. (قال أبوهم وهو يتأمل في سقف الصالة القديمة يمسح ذقنه بمكر) لقد دُمرنا، (ثم استعدل في جلسته وكأنه سيقول شيئا مختلفا) المهم ان عملنا سيتوسع .. فالناس ستقتل بعضها البعض ولن يمر سقوط بغداد على خير، ومازالت اللعبة في بدايتها ولم ندخل عصر الديمقراطية بعد، سنحتاج الى قرون لكي نتعود على الديمقراطية .. شعبنا لا

ينفع معه العدل.. ونحن يجب ان نجهز مكاتبنا لهذا الغرض. (ثم ضحك بخبث وسأل زوجته):

- أليست هذه فرصتك يا حسنية؟

ابتسمت حسنية بمكر قائلة:

- المهم لا نريد قانوناً، فالقانون أعاقنا عن الغنى، شبكتنا يجب عليها ان تنتشر، ففي زمن صدام كُدنا ان نُعدَمْ، لولا هذا التدخل الأمريكي المُبارك.

نعم، كان الجميع في سجن أبو غريب ينتظرون تنفيذ حُكم الاعدام فيهم، جبار وأولاده متهمون بسرقة أعضاء بشرية.. والتلاعب بشهادات المتوفين.. وشهود أكدّوا اقتراف جبار جريمة اغتصاب فتاة كانت قد فارقت الحياة وهي بعمر ال ١٥ عاما..

وأما زوجته فقد كانت ضالعة في عمليات تزوير وكانت تُبدل الاطفال حديثي الولادة بأطفال موتى وإيهام الأم بأنها ولدت طفلا فارق الحياة بعد الولادة وبالتنسيق مع موظفي المستشفى.

كل هذه الأمور سقطت عنهم بعد دمار بغداد، وتم حرق سجلات المجرمين، والآن بدأ - أحدب بغداد - بشق طريقه الخبيث الى فعل الرذيلة بعد ان اصبح طليقا بفضل الغزو.

- غدا سألتقي بالدكتور سالم (قال جبّار) وسوف يتم إرجاع

عمل التنظيم ثانية، (ثم وبصوت خافت مُلّمحا الى شيء مهم) العملية ستكبر هذه المرة، هل تعرفون مع من؟

ـ مع من؟ ـ تساءلوا بصوت واحد وخافت :

ـ المخابرات الإيرانية ـ أجاب الأحدب ـ

بان الفزع والخوف على وجوه الجميع ثم قالت الأم :

ياويلنا هل انت مجنون .

ـ لا، لا تخافوا هل تعتقدون بان هناك استقراراً قادماً، لا، الفوضى ستعم والقتل سيمتد .. هناك خطة عظيمة ستُنفّذ على أرض العراق .

بدأت الهواجس تتشعب وتنداح في مخيلة أسرته، بينما الأحدب بدأ يتجلى ليدلل مرة أخرى على خبثه المطلق، سيسحق من خانه، وتطاول عليه ويضع كل شخص في مكانه الصحيح . كل هذه المعاني كانت حاضرة في هذا المجلس المشؤوم، كأنها غمامة سوداء كبيرة غير مرئية لكنها محسوسة تظلل المشهد .

٢

كان الدكتور سالم في جلسة سرية في بيته مع عناصر من المخابرات الإيرانية يجول بناظريه بين الجالسين، وكانوا خمسة ملتحين أحدهم يضع على عينيه نظارة ذات اطار اسود.. ويضع طاقية خاكية اللون على رأسه، وكانت ملامح الجدية بادية على وجوه المجتمعين.. والجلسة تدل على مدى خطورتها وسريتها، يتكلمون العربية بطلاقة ـ الفصحى ـ وقد تملكتهم رهبة لذيذة لاتسر الخاطر ـ ثم انبس احدهم قائلا:

ـ دكتور سالم، أجندتك يجب أن تتحرك بسرية تامّة وخصوصا في هذا الوقت، فصدام حسين لم يُقبض عليه بعد والخطر ما زال قائما.

ثم قال الآخر مُعقبا:

ـ اسماء الطيّارين العراقيين الذين شاركوا في الحرب ضد ايران قد اكتملت لدينا.. وبعد ان يتخدر الشعب بالديمقراطية.. عندها سنبدأ بإطلاق عملياتنا عن طريق أجندتنا التي تنتظر

الأوامر.. اها.. تذّكر بأن هناك ورقة لم نلعبها بعد وأمريكا على أحر من الجمر لكي ترى دمار العراق يستمر.

- حسب علمي فهل سنبدأ من الحسن العسكري؟ (سألهم الدكتور سالم)

أومأ الجميع برأسهم كجواب بالتأييد.. ثم قال الشخص ذو الطاقية:

- كل شيء تم توقيته.. ومع اقتراب شهر محرم سيتم تجهيز مواكب اللطم والتطبير لشعبكم، فالشيعة يتوقون وبلهفة الآن لهذه المراسيم وبشدة.. وخصوصا بعد ان منعهم صدام من ذلك لسنين طويلة (ثم قبض قبضته وكز على اسنانه بشيء من الغضب قائلا)

- الوقت قد حان..

- سيتم ترقيتك دكتور سالم لا تقلق، طهران تشكر مساعيك - قال أحدهم -

ابتسم الدكتور سالم قائلا بتملق:

- عندي جبار قنبورة خير عون لنا، شبكتُه كاد ان ينتهي عهدها لولا سقوط بغداد، لقد أمرته بجمع أتباعه وسيتم امداد الشبكة بالأموال اللازمة لإعادة بنائها.

- الشبكات التنظيمية بدأت بدخول بغداد وتم تأمين كل

شيء.. وسيتم اختبار مدى فعاليتها في المواكب الشيعية التي ستقام في المستقبل.. وأيضا الهجمات على المساجد السنية ستكون فعّالة.. السُنة والشيعة متماسكين جداً ووظيفتنا أقرار التفرقة ولن يكون ذلك ألاّ عن طريق المراقد، عندنا رجال الدين ممن سيوّفون بهذا الغرض.

ثم جرت ثرثرة عن أشياء عابرة وأنتهى الاجتماع بعد دراسة تكتيكية لتدمير ماتبقى من البلد. أما الدكتور سالم فكان اليد اليمنى لهم يستطيع ان يوغر صدورهم ضد أي شخص أو يحجبهم فيه وفقا لما يريد، كما يتمتع بخبرة عريضة في الحياة وذكاء فطري حاد وفراسة خارقة تمكنه من سبر أغوار الناس بضربة واحدة صحيحة، الحق أن طريقته في تقديم الوقائع وألاشخاص الى مرؤوسيه جديرة بأن تُدّرس في المعاهد الدبلوماسية والجاسوسية.

* * *

في منطقة اخرى من بغداد وبالتحديد في مدينة الثورة (الصدر حاليا) كان جبار على لقاء غير مطمئن مع أحد الاشخاص في بيت الأخير.. يخوضون حديثا في غاية من الاهمية حول ارجاع التنظيم الذي تشتت في زمن صدام.. (سرمد الطائي) شاب في العشرينات تدل هيئته على مدى استهتاره كان وجهه الاسود مربدا وشفتاه الغليظتان مزمومتين وعيناه محتقنتين كأنه مخمور.. قضى حياته متسكعا بين السجون والشوارع..

بنطال قديم وقيافة رديئة تتمثل بقميص أبيض متسخ.. كانا جالسين في صالة قديمة على اريكة خشبية حمراء متسخة.. سلّم جبار مبلغا من الدولارات لسرمد قائلا:

ـ هذه أول دفعه ٥٠٠ دولار وسيتم تزويدك بالمعلومات لاحقا.

تفحص سرمد النقود ثم لوى شفتيه باشمئزاز وقال بمكر واضح:

ـ من أين سنبدأ؟

ـ حي الشعب ـ سوق الشعب ـ البداية جيدة، هناك يضج السوق بالخلق.. وسنصطاد أكبر عدد من الجثث.. مكتبي هناك وسيتكفل بهم.

ـ خبثك لا حدود له.. مكاتبك تنتهز فرصاً جيدة الآن.

ـ المهم أن تقبض مالك، كبسة زر ب ٥٠٠ دولار وسيتم إنهاء الأمر على انه تفجير انتحاري، هذا ما تريده الحكومة الجديدة.

ـ طيب ولكن ستختلف تكاليف العملية في المرة القادمة.

ـ مفهوم مفهوم.. سأدعك وشأنك الآن وسنلتقي بعد العملية.

نهضا ثم قام سرمد بتوصيل جبار قنبورة الى باب الدار، وعند الباب غادر قنبورة ووقف سرمد يرقبه بعينيه حتى توارى قي الشارع الخالي المُظلم، فكر طويلا في عرض الآحدب،فهذا الثعبان لم يسكن يوما، حركته المستمرة تجعل فرائسه مشتتة

الذهن غير قادرة على معرفة اي طريق ستأخذ، وأي سرعة سينهج للانقضاض. ولكنه سيقبل العرض فالمهم انه سيكسب المال ولا شئ أهم من ذلك.

٣

بغداد تواجه الان مصيبة لم تمر بها اي دولة احتلت من قبل، جثث، أشلاء محروقة ولا احد يجرؤ على دفن هذا الكم الهائل من الجثث التي ملأت طرقات وشوارع بغداد.

بل عاصمة الرشيد أضحت مهجورة تماما، من السيارات والناس.. مدينة هجرتها الحياة وملأت الاشباح أزقتها وسرى صفير الرياح الصفراء رعبا في نفوس ساكنيها.

الموت والقسوة عمّا المدينة المنكوبة برغبتها في سحق معالمها.. مستغلة سقوط بغداد، أسيرة بأيدي قوى كبيرة وعظيمة.. تترامى خيوطها السوداء حتى تتشابك بأحزان لم تعهدها من قبل، فقد أدرك الشعب وبعد فوات الأوان أن صدام رغم وحشيته فقد كان رحمة رغم قساوته لا نقمة.. وان كل ما قام به من تنكيل للشعب فهو لاشيء قياسا لما يواجهه العراق من إرهاب.

الشوارع ميتة.. والحياة نائمة ومغلفة بالظلام، ولا بصيص نور

في البيوت، وكأنها تطرد كل شيء بصرامة ووحشية.. لا يطرق النوم عيون الشعب فهم مهددون بالاقتحامات من قبل المُحتل أو الميليشيات التي برزت وأعلنت سيطرتها على العراق تحت قانون الترهيب الجديد .

كان المجرم واحداً ومعروفاً قبل ٢٠٠٣ .. والآن القتلة اصبحوا كفيالق الاجرام لا يُحصون كأعداد الحصى.. ينفذون إجرامهم بالزي الرسمي للشرطة .. ويقتحمون البنوك ويخطفون الوزراء من وزاراتهم كرهائن.. هكذا بدأت الاحزاب تتعامل مع بعضها البعض.. بل وحتى في بقية البلدان لم تلعب الفوضى دورها كما في العراق .

وسطاء السوء يتفانون في زرع العبوات والفتن، والبلد الآن يودع أياما ويستقبل اياما أخرى .. ولكن الى الاسوأ .

- نور -

كم تودّ تلك البنت الجميلة ذات الـ ٢١ ربيعا لو كانت تمارس الحب مع فتى احلامها، ويقتادها من بين الازهار والمتنزهات الى عالم خيالي ترنو اليه بكل شغف .. يجلسان في الكافيتريات ويهديها في كل لقاء زهرة بنفسجية.. نعم فهي تحب اللون البنفسجي وتتمنى ان يكون فستان زفافها بنفسجياً بل ان يتلون العالم كله بلون بنفسجي. انتشر نبضها قبل سقوط بغداد،

كانت تحب الشاب الصحفي (خالد) قبل أن يُقتل اثناء الغزو الامريكي..

أحبته وانغرست جذور عشقها في طمي نهري دجلة والفرات.. وعلى كورنيش أبو نؤاس تتجلى في شوقها الوان الحب المختلفة.. وتحت ظلال النخيل واللبلاب والجازورينا.

نور، فتاة ناضجة تتألق بأبهة الأنوثة الكاملة، جميع طلاب كلية الاعلام يتهامسون بعذوبة جمالها، ولكن خالد خصّص بالهيام بها لحد الجنون، حتى وجدها في كل شيء، في اشراقة الشمس، وبهاء القمر، وهج النجوم، ثراء السحب، أريج الازهار، سلاسة الماء، فقد غطت نور على حياة الكون من حوله قبل ان تقتله رصاصة الجندي ألأمريكي وهو يحاول ان يغطي خبراً للقناة التي يعمل لها. وكانت نور ترقبه بشغف عن طريق البث المباشر عندما اخترقت طلقة القناص وسط جبينه ورأته كيف سقط مضرجا بدمائه.

قفزت حينها نور من أريكتها مرتعدة تبكي على ذلك الفارس، فمن كان معها في البيت من اهلها لم يقلّوا حزنا على حبيبها.. كان من المفروض ان يكون خطيبها لولا الموت الذي خطفهُ في تلك اللحظة المفجعة.

ولكن قدر الله أقوى.

مأساة الحسن العسكري

ـ هناك مخطط لتفجيره .. الورقة الرابحة لإيران وأمريكا .. لكي يمتد اللعب وتتوسع اكثر ومن دون ان تعترض الخطة أية عواقب .

قالها الجنرال الايراني قاسم وهو جالس في حديقة قصره الفخم الواسع يحتسي الشاي مع ضابط ايراني اخر، وتحت حماية مشددة من قبل رجال الأمن المنتشرين في رقعة القصر.

ـ سنجعل أمريكا اضحوكة، لقد فتحت اسرائيل باب جهنم على نفسها لتتخلص من صدام ولن تستطيع إغلاقه .

تناول قاسم حبة فاكهة وبدأ يلمعها بيده ثم همّ بقضمها قائلا بسخرية :

ـ الأمور تجري كما نشتهي نحن لحد الآن، إمبراطوريتنا ستعود والعراق لنا .

كم لعبت الأقدار دورا في مستقبل هذا البلد المسكين، حيث عاش العراق مشاهد الموت المزرية، صغار، كبار، شيوخ، نساء، قد ظفر بهم الموت وادخل البلد تحت جناح الخراب الذي اجتاح بلاد الرافدين .

يا للخزي لقد سمعنا بالعملاء، ولكن ليس بهذا الشكل المفزع، السياسيون أغلبهم من دون شهادات الابتدائية، حتى قد وصلوا الآن الى مراكز مرموقة، كيف؟ جهلة باتوا يحكمون

دولة العراق، فكيف سيكون حال الأجيال القادمة؟ التخلف ساد، والأحزاب بنفسها تسعى لقتل الشعب ومن ثم ترمي عواقب الأمور على خصومها.

ـ الليلة سنلتقي بجماعات متطرفة حلمهم ان يدخلوا العراق، وينشطوا.. سنوفر لهم الأرضية المناسبة وخطة تفجير المرقد ستكون على أيدي هؤلاء المتطرفين. (قال الجنرال قاسم بسخرية).

ثم علت ضحكة الرجلين بشكل وقح واستهتار، حتى ربت الرجل الثاني على كتف قاسم قائلا:

ـ خطة داهية يا صديقي.

ألجنرال قاسم هو رئيس الوزراء الحقيقي للعراق لو أردنا الحق.. أما زمرة الجهلة ـ أو بما يُعرفون السياسيون ـ هم فقط خدم على حد التعبير. فلو زار الجنرال قاسم العراق يتفقد جهاز المخابرات ثم جهاز الامن العام وفيالق ٩ بدر والمليشيات ومن ثم يزور رئاسة مجلس الوزراء، خدمة الساسة العراقيين لايران هي خضوع وأنبهار، أنسحاق أمام تفوق طاغ، الوزير اوفلنقل العبارة السليمه ـ الخادم ـ يعتز بخضوعه فضيلته في كلمة حاضر، ومناقشة سيدهم الايراني جريمة، بين الجنرال وبينهم ليس هناك وجهات نظر.. لا حق ولا باطل.. هناك فقط ما يريده سيده ان يتم. وعندما يتحدثون الى ساداتهم بعيدا عن اضواء الكاميرا والاعلام

بصوت خافت متضرع مصحوب بابتسامة هينة ومتوسلة.. كيف ينحنون ويفسحون الطريق، لايمشي الخادم - السياسي - بجوار أسيادهم ابداً، المحاذاة ندية، يتاخرون عن الجنرال خطوتين اثنتين لاتزيدان ولا تنقصان ألا في حالة واحدة، عندما يطلب السيد من خادمه السياسي أن يدله على مكان ما.. عندئذ يتقدم ذلك السياسي المذلول خطوة واحدة وهو يدله ألى المكان وما ان يعرف السيّد - الجنرال قاسم - الطريق حتى يعود الخادم الى الخلف ليحتفظ بمسافته المعتادة.

هذا بالتفصيل مايحدث خلف الكواليس في المشهد السياسي العراقي.. ليس هناك سياسي بل خادم. وعندما يعاقبهم السيد يتذمرون خوفا من فقد مناصبهم بنبرة شاكية غنائية، المشبعه بالشجن، تحمل مع ألآلم بعض التلذذ.. كأنهم زوجة يشبعها زوجها جنسيا بشكل كامل ورائع، لكنها تشكو مع ذلك من حدة طباعه.. لن نعرف ابدا ان كانت تعاني أم تستمع بمعاملته القاسية.. ولكي يحافظوا على البقاء كوزراء في وزاراتهم يقبلون بكل أنواع الاهانات التي يوجهها اليهم الجنرال قاسم.

٤

منتصف الليل على الحدود الايرانية العراقية تسلل اشخاص الى القارب وكأنهم يعبرون الحدود مسترشدين بضوء خافت، كانوا ستة حرّكوا القارب بعد ان تكتلوا الاوباش على خطة خبيثة ولا احد يعلم من سيكون ضحية تكتلهم، جريمة جديدة ستقع حتما ولاريب. وانسابَ القارب فوق الماء الرزين واهباً ذاته المتأرجحة لظلام دامس ومخيف تشعشعهُ أضواء النجوم كالهمسات، ودارت بينهم صورة لضابط كبير تحت ضوء المصباح اليدوي، قال احدهم وهو ملتح يتكلم الفارسية:

ـ هذا الضابط كان قائداً كبيراً في جيش الحرس الجمهوري ايام صدام، لعب دوراً مهما في تحرير الفاو، يسكن مدينة البصرة حال دخولنا الى المدينة سنجهز عليه فوراً وعلى بقية الضباط الطيارين ألآخرين وهذه قائمة الأسماء (ثم اخرج خمس نسخ من القوائم ووزعها عليهم) . .

وبقي القارب ينساب في الماء حتى واراه الظلام وينذر الغد

المشؤوم بيوم أسود، متوجهين بلا خوف لتنفيذ مخطط لايُعرف لونه ولا موعده.

سنة سوداء تمر بالعراق، وكيف تمُر؟ لم تشهد الغزوات مثل ما يحصل الآن، رؤوس مُقطعة مرمية على مفارق الطرق، لا سيارات ولا بشر في المدينة، أين نحن؟

ربّاه، ماذا يحصل للعراق؟ أهذا ما وعدنا به جورج دبليو بوش من ديمقراطية وعراق جديد؟ كان هذا السؤال يدور في خُلد كل عراقي.

الأمريكان بأنفسهم يقتحمون البيوت ويغتصبون ويحرقون، سجن أبو غريب يشهد على ما يحصل، ولاسيما البداية الفعلية كانت عند حلول ٢٠٠٦ السنة القاسية والتي ليست اقل سوادا عن سابقتها من السنين الغبراء التي احرقت أعمار العراقيين، ولكن كان العراقيين على موعد مع سباق للقتل ولكن من نوع طائفي مخزي.

جلسَ ـ قنبورة ـ يحتسي العرق في بيت أحد ازلامه يدعى ـ علّوش ـ وكان الأخير مدمن بلطجة (شقاوة) ضخم الجثة، أشعث الشعر، له خط أو أثر سكين على خده الآيمن، له أنف كبير ومدور، حنطي اللون ذو صوت خشن، ورغم المجاملات ران الفتور على اللقاء.. وبتخلي البشاشة عن قسمات ـ علوش ـ أسفرت عن دمامتها وندرها.

ثم قال محادثا قنبورة:

- رغم أنك قواد ألا انني قبلت أن أشرب معك.

- هوّن قليلا على الأمور، ما حصل لنا كانت وشاية، عندما القي القبض علينا من قبل الشرطة الصدّامية.. والرجل الذي وشى بنا يدعى (تحسين الصكر) يسكن منطقة الشعلة، أرسلت شخصا ليتحقق من صحة المعلومات وأكدّ لي صحة ذلك.

- أرجو ذلك، هل أنت متأكد من صحة المعلومات أذن؟.

أجابهُ قنبورة بكل ضيق:

- كل التأكيد، كما قلعنا رؤوس الخونة من قبله وتم رميهم في الزبالة في شوارع بغداد من البعثيين ورجال الامن والاستخبارات وفدائيي صدام.. وهذا الكلب أيضا سيلحق بهم، وسننفذ فيه حكم الاعدام لينضم مع جيفة جثمان البعثية.. صدقني هو من وشى بنا.

- قنبورة تعرف لو كذبت علي ماذا سيحل عليك مني؟

رفع قنبورة رأسه باهتمام وحدج علوش بنظرة ازدراء:

- اسمع انت تعلم أن لي رجالاً يقطعونك أرباً أرباً، لو كنت لا تصدقني فطز فيك.. أنا نفسي كنتُ سجيناً مع عائلتي وحُكمنا بالإعدام قبل سقوط بغداد، وكان هذا الشخص هو من دمرنا.. ولاعتزازي الشديد بك وقبل ان انال من - تحسين - سوف أحضره

لك لتفعل به ما تشاء.. اما انا فتنازلت عن حقي في قتله.. خذه، هل أنت راضٍ؟

ابتسم علوش بخبث ثم أجاب:

- هل انت جاد؟ هل ستهدينني إياه وأقطع رأسه بيدي؟

- نعم، لقد استغللنا فرصة وجود القاعدة على أرضنا الفيحاء.. وكل عملية قتل فسوف ننسبها للقاعدة كما يفعل الباقون من العصابات.. نجلب الساطور ومن ثم (رفع يده كأنه يمسك سيفا) يُقطع رأس الخروف بكلمة الله اكبر.

ضحكا ضحكة عالية ثم قال - علوش - متسائلا:

- هل ستصورون العملية؟

- بالتأكيد وإلا فما فائدة صرف المبالغ الضخمة.. وأنت ستكون بين الملثمين.. وأشبع رغباتك من الان فصاعدا فلا حساب ولا كتاب ولا قانون بعد الآن.

- وهل ستدفعون بسخاء؟

- نعم مؤكد، لآن كل رهينة سنطالب دولتهُ أو أهلهُ بالدفع، سواء كان عراقياً أو أجنبياً وإلا فالقتل مصيرهُ وكلّهُ سيتم طبعا باسم الإسلام وصيحات الله أكبر ستلعلع في الجو.

رفعَ الاثنان الكأسين وتضاربتا بشراهة وعبقرية شارب خمر، ثم شربا نخب الاتفاق فعلتْ أخبث ضحكتين في ذلك المساءْ

الغابر، ثم أرجع الأحدب الكأس الى الطاولة قائلا

-إذن سننضم معاً للفرقة الرائعة، علوش وجودك وأفرادك مهم بالنسبة لي.

-إذا راقني الدفع وأشبعتني فلا يهمك شيء، أنا معك.

-آلاف آلاف الدنانير بل الملايين ستجني يا أهبل.

ثم ترامت الى اسماعهم صوت أنفجار عظيم كان كافيا لهز أركان البيت القديم المترهل،ران الصمت لثواني وبعد أن جمع الاثنان جأشهما قال قنبورة وهو يهمُ في المغادرة:

- ان لن يقتلني الانفجار فسقف بيتك القديم كفيلٌ بالقضاء عليّ.

رافقهُ تحسين الى باب البيت وقبل أن يغادر قنبورة همسَ بصوت خافت وبلهجة جادّة وحادّة:

- نحن بصدد إحياءْ حرب أهلية عن قريب، المال سيصلك ومالٌ كثير ووفير (ثمّ شدّ على يدْ تحسين) لنْ تُصدّق ما ستجنيه من أعمالك وغداً ستصلك دفعة اولى فقط أجمع اعوانك وخليني التقي بهم.

ثم غادر بسرعة البرق تاركاً وراءه (تحسين) غارقاً في دوامة من التفكير القاتلة.. وأنهمرت هواجسه وأخذ يتسائل..ما ألذي أطلق كل هذه العفاريت من القمقم.. فعلا سقوط بغداد سوف

يخلق عجائب لم تراها البشرية بعد .

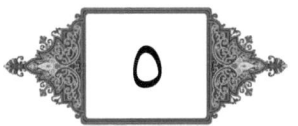

٥

اعتقال الزعيم

لم يصدّق العالم ما شاهدتهُ اعينهم عند أعتقال الزعيم العراقي السابق، فصدام الذي أرهبَ جيرانهُ طوال فترة حُكمه أعِدّ لهُ سيناريو مُخزي انتهى بإِخراجه من الحُفرة مُستسلماً لفحوصات مهينة كما تحصل مع الشاة.. فعلاً مشهد لا يُصدّق كان كافياً في زرع طمأنينة مؤقتة في قلوب خصومهِ من الشعب ومن حُكّام الدول المجاورة. ألآ ان الحكومة الجديدة لم تأتِ بشيء جديد لآنها اضحت بعد فترة كحشرة كبيرة تنز سائلا كريهاً.. فاين ديمقراطية أمريكا والعراق الجديد؟ يالك من أفاق مستر بوش، فماذا سنرى بعد سنوات التحرير ياترى؟

وبعد سنوات وبالتحديد في صبيحة يوم الأربعاء المشؤوم ٢٢ فبراير ٢٠٠٦ اقتحم مسلحون يرتدون زي الشرطة المرقد الشريف للحسن العسكري - عليهِ السّلامْ - وقيّدوا أفراد حماية المرقد الخمسة، وقاموا بزرع عبوتين ناسفتين تحت الضريح وفجّروهما بعد ذلك ممّا أدّى ألى انهيار القُبّة الخاصة بالضريح وانفجار فتنة طائفية تذّبحَ بها العباد في كل أنحاءْ البلادْ.

كانَ قنبورة أوْ (الأحدب) جالساً مع الدكتور (سالم) في غرفة تدّلْ من خلال الأجهزة الطبية أنها احدى غرف المستشفى كانا يرقبان الأخبار على شاشة التلفاز والسرور باد على وجهيهما:

-قنبورة هذا خبر رائع وتقدّمْ جيد كبداية.

-لنْ يسكُتْ جنوب العراق، فالتحشيدات على اهب استعدادها للهجوم.. مائة كيلو غرام من المواد المتفجّرة لم تضع هباء.

- المهم امريكا مرتاحة جداً لنشاط إيران.. فما دامَ الطرفان سعيدين فنحنُ أسعد.. ما أخبار رجالك؟

- بخير وجاهزون للعمل.. (ثم فرك اصبعيهِ) ما دامَ الدعم مستمراً.

- ستبقى خنزيراً.. يا قنبورة تبيع الوطن من أجل المال.

- ومن فينا الشريف يا دكتور؟ أنا مدين لأمريكا بعُمْري، فلولاهم لكانَ قُضيَ علي، حتى انت بعت وطنك من اجل المال

وتتعامل مع الغريب من اجل حفنة من الدولارات .

ـ الاعدام قليلٌ بحقك . (ثم أشاح الدكتور بوجهه فيما يشبه القرف) .

ـ دكتورْ نحنُ غربانْ وعلى أشكالنا وقعنا لا نستغني عن بعضنا .

مالَ الدكتور سالم برأسهِ نحو الدُرْج ليُخرِجَ ظرفاً من المال ثم ناولهُ الى قنبورة .

ـ خُذ هذا عشرة آلاف دولار وسأوافيك بأسماءْ الطيارين العراقيين اللذين شاركوا في قصف ايران ايام الحرب .. وبعض اسماء الضباط العسكريين من القادة المهمين، عناوينهم سابعثها لك والتنفيذ قريب .

تناول ـ قنبورة ـ الظرف ورمقها بطرف عينهِ مبتسما وهو يلج بالشكر :

ـ في الحال أنت تأمرني دكتور .

ـ متّع ناظريك بالمال وأعتقد بأنّ شخصين هما كفيلان بالمهمة وسنزوّدكم بسيارات حديثة للتنقل وبهويات رسميّة لم تكونوا لتحلموا بحملها .. واريد فيضاً من المعلومات عن ألآوضاع في البلد .

هكذا يحكم الدكتور أزلامه على مدى غير قصير منذ أن تولى رئاسة العمليات .. عين يقظة وقبضة فولاذية وسيطرة مطلقة ..

لكن لكل شئ اذا ماتم نقصان، بدا ألامر كأنه انحناء بسيط يكاد لا يُلحظ في خط مشدود مستقيم، حين تلقى في صباح اليوم التالي امرا باعتقال احد زملائه في المستشفى والتخلص منه فورا.. ولم يجرؤ على السؤال عن سبب اعتقال زميله. ـ نفذ ثم ناقش ـ ياله من قانون متعجرف؟ حتى النقاش ممنوع في مثل هذه الآمور.

كان ذلك امراً لم يكن هناك مايُناقش عليه، حيث انه يعرف نفسه.. مجرد ذباب بين يدي رئيسه.. ولكنه في نفس الوقت يعرف ان الجنرال قاسم شخص لايطاق.. كأنه حصاة محشورة في حذائه، لايستطيع أخراجها ولايتحمل ضغطها على قدمه، ولكن الاوامر هي اوامر ولا يستطيع ان يشن هجوما استباقيا لتغيير مجرى الامور.

سياسة الدكتور مع أزلامه جارحة وليست هشة، لايهجم ألا أذا امن العقاب، خسيس لايعرف كرم التسامح، أذا قدر على اعدائه يُنكل ولا يعرف الرحمة تلك هي قواعد اللعبة في مجال العمل ـ المافياوي ـ على حد التعبير.

٦

الوزير

مكتب فخم لم يكن يحلمُ بهِ في حياتهِ، حُرّاس يتقاضون أجوراً خيالية،جثثهم الضخمة ونظارات وبدلات سوداء.. تعتلي وجوههم تقاسيم تخلو من الرحمة.

امّا مكتب وزير الداخلية فهو:

مكتب راقٍ وأنيق، تطل بنافذته على نهر دجلة بعيد عن ضوضاء المدينة.. دخلَ مكتبهُ ـ السيد الوزير ـ ومساعدهُ بعد أن نزل من سيارة سوداء يحيطهُ حراسة مُشدّدة.. مال براسه الى مساعده الذي تلقاه عند مدخل الوزارة وسألهُ بهدوء:

ـ ما أخبار صفقة السلاح الأخيرة مع الصين؟

ـ تمْت وسيتم الاستلام الشهر القادم معاليك ـ أجاب بهدوء ـ .

- عظيم، (ثم اشارَ الى مساعدهِ بالاقتراب منهُ بإشارة من يدهِ) أريد عملية الدفن للكنز ان تكون رسمية وكأننا ندفن جثة الى ان يتم اخراجها من البلد.

- لا تقلق، الدكتور سالم قدْ حضّر شهادة الوفاة.. والدّفان هو على صلة وثيقة معهُ وذراعهُ ألآيمن.

- ما اسمه؟

- جبّار عودة معاليك (اجابهُ مساعدهُ باحترام شديد).

- القنبورة؟ (تساءل الوزير منزعجاً).

- هو بعينهِ وكنيته بين يدي حال وصولنا المكتب ستراه معاليك.

عند وصولهما المكتب اشاح فخري بيده الى الحراس بالذهاب ثم اغلق الباب، واخرجَ من بين طيّات الملفات التي يحملُها بين يديه ملفاً أحمر، ووضعه بكل احترام أمام الوزير.. تصّفح الاخير الملف بهدوء ثم قال مُركزاً نظرهُ على صورة الأحدب:

- كان محكوماً بالإعدام في زمن القوّاد صدّام؟

- نعم، وتخلّصَ بأعجوبة من التنفيذ.. من أكثر الحاقدين ليس على البعث فحسب بل على العالم أجمع.

- المهم ان يدفن المال بهدوء، وعلى انها جثة لنبعد عنّا العيون والشكوك ومن ثم نتخلصُ منه بكل سهولة.

ـ المليارات تستحق التضحية.

ـ ولن أنساك يا فخري (قال الوزير متطلعا في فخري بنظرة ذات مغزى مبتسما بأعتزاز).

ـ خيرَكْ سابق معاليك.

ثم فجأة رنّ الهاتف الخلوي للمساعد فاستأذن من الوزير بالإجابة:

ـ سيدي (جوانة) الكُردية كما أخبرت سعادتك بأمرها.

سمح لهُ الوزير بالإجابة بإيماءة من رأسهِ.

ـ أهلاً جوانة..

ـ ....

ـ ماذا؟ أنت في الوزارة الآن؟

ـ ....

أخبر ألوزير بالآمر لينتظر من الأخير السماح له بإحضارها الى المكتب.. فسمح الوزير بإحضارها بحركة من رأسهِ.

ـ سأرسل شخصاً يحضُرِكِ حالاً للسيد الوزير.

لم يمر وقت طويل حتى طلّت على مكتب الوزير أنثى شقراء تلبس ميني، يكشف عن ساقيها البيضاوين اللامع، عندما وقعت عيناه على صورة وجهها جاشَ صدرهُ بنغمة جديدة وعذبة..

بديعة هذه الشقراءْ البيضاء، الرائقة، وهاتان العينان كلؤلؤتين زرقاوين.

كأن الصورة قد رسمت على هواه من أجل هواه، لعلّها في الخامسة والثلاثين، في عينها تحملُ رصانة تقارب الكآبة. كان وقع خطواتها بحذائها الاحمر العالي يتردد على صوتين متعاقبين يتكرران بتناغم كانهما سيمفونية بيتهوفن.. عندما تمد السيدة قدمها اليمنى وتتكئ عليها لتنقل القدم اليسرى الى الامام، في تلك اللحظة الفارقة بالذات، يهتز جسدها في ثلاث اتجاهات مختلفة تكاد تتقصدها: يتقدم ردفاها الرشيقان الى الامام فيكاد الاحتكاك الخافت بينهما أن يمزق الهواء ويترجرج ثدياها الناضجان الرابضان في مكمنهما فيعلنان عن حضورهما الطاغي، اما مؤخرتها الهائلة الطرية المكينة فتهتز بلا توقف مثل بندول ضخم يمينا ثم يجئ يسارا بنفس القوة والمسافة، الحق ان مؤخرة جوانة، الفريدة من نوعها شكلا ومضمونا، تحتاج الى كتيب صغير من اجل سبر أغوارها والتعريف بخصائصها.

مضى الوزير مفتوح العين، محموم الرأس بالأخيلة الشيطانية قائلا وكانه يفتتح العزف:

ـ تفضلي (أشارَ لها الوزير بالجلوس).

ثمّ استأذن مساعدهُ ـ فخري ـ وخرج من المكتب باحترام وأدب..

ـ شكراً سيدي الوزير، الصراحة لم اكن أظنك بهذه الطيبة
وصدرك الواسع الرحب للمواطنين.

(تأودت جوانة ومصمصت شفتيها وحركت حاجبها الايسر
ثم شهقت عندما قالت جملتها الآخيرة) .

ـ ما الأمر (تساءل الوزير بارتياب) أراكِ تشكين من شيء هل
استطيع أن أعرف ما هو هذا الشيء؟

ـ زوجي سيدي الوزير لهُ عصابة تسرحُ وتمرحُ في أحياء بغداد،
وقبل شهور ساءت علاقتي به وهو يهددني بالقتل وقد هجم على
صالون الحلاقة الذي املكهُ وأغلقه بعد أن استولى على كل شيء .

وعلى الفور أخذ الوزير قلماً وورقة صغيرة مربعة بعد ان كان
يصغي بجديّة للشقراء ثم سألها بشيء من الحدّة :

ـ ما أسمهُ؟

ـ عزالدين الخطيب . ﴿ قالت بأغراء فاضح ﴾ .

الاسم وقع على سمعه قبل ذلك وكأنه سمع به، ولكنّهُ استطرد
قائلا :

ـ أين يقطُن؟

ـ المنصور (ثم أملت عليهِ العنوان كاملاً) .

ضغط على الزر بجانب هاتف المكتب فحضر ـ فخري ـ من
فوره ..

ـ نعم معاليك.

ـ خذ هذا الاسم وأريدهُ في قبضتنا خلال ساعة من الآن (ناولهُ الورقة، تطلع فخري الى الاسم ولم يُعلّق وانصرف مغلقاً باب المكتب بهدوءْ).

ـ سألقي القبض عليه وأنت من اليوم في حمايتي.

ـ وانا موافقة سيدي الوزير.

بان الارتياح على وجه جوانة ثم استعدلت في جلستها بجاذبية أنثى ماكرة بابتسامة مغرية ارتاح لها الوزير كثيراً وأحس بأنه بدأ في ارضاء المواطنة.

هذه الفاتنة ـ العاصفة ـ ذي مؤخرة بضة ورجراجة، المفعمة بالحيوية، في حركتها التي لاتهدأ وخلال عشرات الاوضاع الفاتنة المبهجة التي تتخذها، كثيرا ماتبدو وكانها تمتلك حياة خاصة مستقلة عن صاحبتها.. ظل جسد جوانة الفائر وكأنه بركان هائج يقذف بحمم الغواية الملتهبة على رأس الوزير حتى تأكلت مقاومته وأنهارت اعصابه وبات يقضي الليالي الطويلة مُسهدا، غارقا في افكاره بينما رغبات عنيفة تجيش وتتصارع في نفسه كأمواج المحيط، وأخيرا فاض به الكيل وقرر ان لايتركها مهما كلفه الامر.

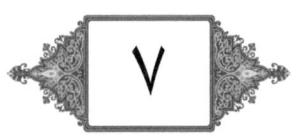

٧

مافيا احدب بغداد

أحدب بغداد لعب دوراً في مساعدة الاجندات المُعادية في اغتيال الضباط من الطيارين ودفن أسلحة وجثث لم تصدر بحقهم شهادات وفاة، وكأنه المالك الشرعي لمقبرة بغداد.. وبسطَ نفوذهُ بشكل غير عادي على مناطق بغداد وهاهو قد اتخذّ - فيلا - مسكنا له وعلى مدخلها كتبت عبارة منقوشة على لوحة معدنية مزخرفة (فيلا السيد جبّار عودة) . .

تتكون مساحة الفيلا من ٤٥٠ متراً، لها حديقة واسعة وهي مؤلفة من دورين.. الدور الاول تحتله صالة جلوس مؤثثة بأحدث الاثاث وتلفزيون ضخم كالسينما - بلازما - ومطبخ ذو طراز خيالي - سيراميك راقٍ يميل الى البني، وست غرف كبيرة بجانب الصالة المؤثثة.

امّا الدور الثاني فيتشكل من أربع غرف كبيرة فاخرة مؤثثة أيضاً وبديكور غالٍ ومذهل من الأخشاب الراقية والشبابيك الحديثة.

كان جالساً مع زوجتهِ وولديهِ في صالة الجلوس يتسامرون وفي الوقت نفسه كانَ الأحدب يمسك قائمة ورقية ويتكلم مع الثلاثة:

- سلمان وعبود وبالطبع الكلام يشملكِ (وجّهَ كلامهُ لزوجته بشكل حاد يخلو من اللباقة والاحترام) سوف تدخل تعليمات جديدة علينا ان ننفذها بحذافيرها، أعتقد أنني سأسافر الى البصرة بعد أيّام مع الدكتور سالم، أمّا أنتم فستديرون لبضعة ايام الأشغال كالمعتاد.

- تقدّمنا بشكل كبير يا جبّار، أنا سعيدة جداً بما نكسبهُ لماذا لا نغادر العراق ونبدأ حياة جديدة. - قالت زوجته مقترحة - .

- ماذا (هتف الاحدب بصوت مرتعش النبرات).

ثم اكمل الاحدب:

- وأين نذهب وأجسادنا مليئة بِسُم المدافن (ثُمّ موجّهاً كلامهُ لولديه) هل لديكم صنعة أخرى غير الدفن؟

غمغم الولدان بصوتٍ واحد:

- كلا. (ثم قال سلمان الابن ألكبير).

- الدفن هو الصنعة الوحيدة التي تعلمناها.

ـ وأنا لا أجيد غيرها ـ قال الصغير ـ .

ثم نظر جبّار عودة إلى زوجته سائلاً :

ـ سمعتِ ما قالاه؟ هل لديكِ جسد وحُسنْ وجمال لأعيّنكِ في أحد ملاهي سوريا أو الأردن ونكسب من ورائكِ قوت يومنا؟

لم تنبس المرأة بأي كلمة، مُعبّرة بذلك عن ندمها على ما قالتهُ من كلام أحمق.. وعادت تستمع لتعليمات زوجها على مضض رغم أنها كانت توجس خيفة مما يحدث.. فالامور كبرت ولكن لاتستطيع ان تبوح بهاجسها خوفا من زوجها.. فمن تكون هي بالنسبة له؟ مجرد بقرة صفراء فاقعٌ لونها لاتسر الناظرين... وموتها غنيمة لاخسارة للاحدب.. أذن فالسكوت من ذهب.

وفي جو آخر بعيداً تماماً عن أجواء بغداد، المنطقة الخضراء مساء، حيث لا يصلها دوي الانفجارات، ويعيش السياسيون حياة باذخة وبلا حدود. وبالتحديد قصر وزير الداخلية الفخم، حيثُ زينَ قصرهُ بحلّة لآلئ من الأنوار المتموجة ذات الألوان.

مدّت أسلاكها الكهربائية على سور الحديقة فتعانقت مع الياسمين والبنفسج. وتعانقت بأفرع ألأشجار والنخيل، وتوجّت بها شجيرات ألورد المنتشرة على هيئة أهلة ونجوم.

وكان أعجب ما في القصر هو ذاك البهو المتسع الأنيق الذي فُرش بفاخر الأثاث وحليت جدرانهُ وأركانهُ بروائع ألفن من صور

وتحف، وترك في وسطهُ مكان رحب للراقصات والراقصين، أمّا في صدر المكان فقد امتدت ردهة الى منتصف مقصف حافل، وإلى يمينها فيما يلي الشرفة المطلّة على الحديقة احتلت فرقة الموسيقى العراقية مكاناً جميلاً . . وانتشرت فيما بينَ البهو والشرفة والمقصف والحديقة المدعوات والمدعوين بينهم رجال أعمال ووزراء وزوجاتهم إضافة الى نساءْ الليل من الطبقة الممتازة، لهن جمال لا يوصف وقدٌ ميّاس، لبّوا الدعوة للاحتفال بميلاد زوجة الوزير الجميلة الشقراءْ (نورهان) ذات العشرين ربيعاً. يجلسون أزواجاً وجماعات ويضحكون بأصوات عالية وخشنة وقد لاحت علامات السُكر والعربدة على وجوههم.

وإذا علت الأنغام قاموا للرقص والعناق. وقد شاعَ في الجو عطر وأنس وحرارة نفثتها الأعين والصدور والشفاه.

وكانوا يتنوعون في الأحاديث تارة في السياسة وتارة في الأمور الحياتية والتجارية، وكانوا يتجاذبون في الغالب حول موضوع الأمن في العراق كما يتجاذب النور الفراشة.

وطربَ الجميع طويلاً وشربوا كثيراً، فدارت رؤوس وثرثرت ألسِنة كتومة، وفاضت الأحاديث، وامتلأ الجو برنين الضحكات ووميض ألابتسامات وإيماءات الغزل، والتقت اعين وتماست أنامل وارتعشت شفاه.

وشملَ القوم سرور عظيم فاستأنفوا لهوهم بإرادة أشد نزعاً

للصبا والمسرّة..

كانت زوجة وزير الداخلية - نورهان - قد بلغت اليوم العشرين من عمرها وهي قد بلغت مرحلة النضوج بخطى سريعة تدل عليها معاني العينين ونهوض الثديين، وقفت مع فخري وهما يمسكان كأس الوسكي في أحدى زوايا القصر يرقبون الراقصين بابتسامة عادية وكأنما يُداريان ما يتحدثان بهِ الحضور.

- عيد ميلاد سعيد سيدتي فعلا أنت متألقة الليلة.

- شكرا فخري، ما صنعتهُ من أجل الحفلة يعجز لساني عن شكرك.

- لي الشرف.

دار عيناها بين الحضور وكأنها بانتظار شخص مهم مما أثار فضول فخري وأخذ يسألها:

- أتنتظرين شخصا مهما؟

نعم لي صديقة صحفية تدعى (نور) وقد اوصيت... (ولم تكمل جملتها حتى دخلت نور وكانت ناصعة البياض جميلة الرسم، لم يخف الحضور إعجابهم بها وكأن سحائب بيضاء تظللها عين كبيرة كأنها فسقية، جميلة الرسم، مستوية عند مدخل الباب، ثم ما لبثت أن أسرعت نورهان باتجاه نور لترحب بها بحرارة).

ـ أهلا حبيبتي نور والله مشتاقين .

ـ انا أكثر نورهان، لو تعلمين كيف أقنعت والدي بالمجيء وكانت معجزة .

رنت نظرات (فخري) بعينين وقحتين مرّتا بشذوذ واضح على جسد نور، وبدأ يرسم في خياله صورة شرهة مما دل على انه وقع في غرام البنت، وكان أيضا يرقب ضحكها وكل حركة تقوم بها أو التفاتة بريئة تندى عنها، وطريقة ارتشاف العصير من الكأس من شفتين حمراوين كزهر الرمان . اضطربت حالتهُ مما أضطر لأن يندفع نحو سيدة متوسطة في العمر وسحبها من وسط اصحابها بهدوء ثم همس بأذنها، فابتسمت وألقت نظرة مكر على نور من بُعد وغمزت لفخري دلالة على قبول استجابتها لطلبه .

ـ أريدها الليلة وبعد الحفلة .

ـ مكّار فخري .

ـ أنت تعرفين فخري لو خطط .

ـ وكم عمولتي .

ـ سيارة مارسيدس، دخلت البلد للتو ومن الكمرك ستتحول باسمك .

ثم نظرت الى نور وقالت محتجة وهي ترمقه بنظرة نارية :

ـ فخري البنت تسوى اكثر .

ـ ترشيح زوجك للبرلمان سيتم قريبا فلا تكوني طمّاعة، وأنت تعرفين أن جميع مطالبك مقبولة.

ـ حسنا، لا تقلق بعد الحفلة البنت عندك.

هكذا قالت وتأودت لان ماعرضه عليها فخري قليل، افترقا وظلّ فخري يجول بنظره نحو (نور) التي استغرقت هي الاخرى مع نورهان بالضحك وتبادل الحديث.

ـ لن أنساه يا نورهان رغم مرور قرابة سنة على استشهاده.

ـ ستنسينه حبيبتي مازلت شابة.

ـ ما أخبار زواجك يا نورهان أتمنى أن تكوني بخير.

غضت نورهان بصرها نحو الأرض.. وكأن السؤال آلمها.. وتجهم وجهها قليلا ثم رسمت ابتسامة غير جادة في معناها على وجهها وقالت:

ـ الحمد لله ما دام يلبي طلباتي فطز بالبقية.

أدركت نور أن الوزير مشغول بشهواته ونورهان ليست إلا جارية اقتناها الوزير لإشباع رغباته، ثم يركنها كتحفة في إحدى زوايا البيت، هذا إن لم يقتنِ تحفة غيرها.

رنّ تلفون الوزير بينما كان غارقا في حديث السياسة مع الاصدقاء فاستأذن منهم ليجيب على الهاتف:

ـ ألو...

- . . . .

- متى؟

- . . . .

- حسنا، ألْقوه في السجن حتى إشعار آخر.

- . . . .

ثم أغلق الهاتف ليتصل من جديد بشخص آخر.. أو بالأحرى بامرأة من نوع ثاني:

- جوانة، زوجك رهن ألاعتقال ولا تقلقي سأتكفل أمره، المهم أنكِ بخير والباقي على الله وعلي.

- . . . .

- أنا الان أحتفل مع زوجتي بعيد ميلادها سأتصل بكِ غدا.. تصبحين على خير.

نظر الى ساعته ثم عاد الى مكانه بين رفاقهِ.

الساعة الآن - ١٢ - وقد تجمع الجميع ليطفئوا شمعة الميلاد.. تناول كل واحد نصيبه من الكيك.. أمّا المرأة الجميلة التي كلفت باستدراج نور فلم تكن تكاد تحيد عينيها عنها، وكأن نور اصبحت اعظم موضوع يجب أن تنجزها لتنال البقشيش الدسم من مساعد الوزير.. واستغلت انشغال نورهان بهداياها والحضور وأخذت تتقرب من نور والتكلم معها..

وبعد فترة من الزمن من الحديث والسمر بين نور والمرأة، اعربت الاخيرة عن فرحها بلقائها بنور قائلة :

ـ بصراحة تشرفت بمعرفتك آنسة نور .

ـ وأنا كذلك، فعلا كنت أتمنى لو كنا نعرف بعضنا من زمان فعلا أنت امرأة شيك .

ـ لاتقلقي فلن أتركك .. ولكي نعزز أواصر الصداقة سأوصلك بنفسي الى البيت .

ـ لا، أم امير بصراحة أنت تحرجينني .

ـ لا حبيبتي الناس لبعضها وفي هذه الظروف خصوصا يجب ان نتكاتف لكي نبقى اقوياء .. واوفياء مع من نحبهم .

ـ كلك ذوق .

ثم ظهر شبح فخري من بعيد .. كان يتابعهما بعين تنم عن الوقاحة .. كان جادا بالانفراد بنور ولا يهتم بالعواقب .. فماذا سيحصل؟ البلد ضائع ومئات الاشخاص يتقّتلون ولا من شاف ولا من دري .. لقد ذابت ارادته تحت نظرة عينيها وابتسامتها وهي تسامر وتضحك مع أم امير بكل براءة .

راود مخيلة فخري الفراش والاستسلام للرذيلة بكل معانيها .. ألى أن افاق بفزع من خياله الشاذ على رنة الهاتف :

ـ نعم سيادتك .. سأتكفل أمره غدا لا تقلق .

أغلق سماعة الهاتف وواصل النظر بعين همجية الى نور وقد خالجه احساس الجنس وأخذ يتصبب عرقا من شدة التوتر.. وكأن الدنيا خلت من النساء فلم تبق ألا نور.

أوشكت الساعة على الثانية فأخلدت الموسيقى الى السكون، وبدأ الحضور بالانصراف تباعاً.

ـ نور، سأوصلك بسيارتي عزيزتي.

ـ أم أمير أخاف أن أثقل عليك.

لا عليكِ أنا سيارتي موديل حديث ولن اخسر شيئا لو تكفلت بإيصالك.

استأذنت نور من نورهان بعد أن قضت معها ليلة رائعة تفرجت بها عن كربها وانتكاستها.. وقبّلتها مودعة الأخيرة بحرارة:

ـ سأتصل بك نورهان.

ـ شكرا على المجيء نور وسأبعث السائق ليوصلك.

ـ لا تقلقي فأم أمير ستوصلني الى البيت.

لم تمانع نورهان بل ابتسمت مطمئنة.. ثم افترقتا، ولم يطل بقاء فخري طويلا حتى غاب عن العين متحججا بالتعب.

فخري قد أعدّ كل شيء في غضون ساعات قليلة ـ اختطاف بنت عذراء ـ فلا قانون في العراق ومثل هذه الحوادث تتكرر باستمرار وبسهولة في هذا البلد الغريب بقوانينه وسُلطته، ودون

مُسائلة جديّة أو ملاحقة للقاتل، فالعراقيون يعيشون في قانون الغابة. الخونة من أبناء البلد مزّقوا العهد قبل المحتل.. ولم يعد لهذا الوطن من صاحب.

فخري وبلا سابق موعد مع القدر خطط لاختطاف تلك الغادة الصغيرة.. كان يتبع سيارة أم أمير ولم تبعد بينهم سوى خطوات بسيطة مستغلا خلو الشارع من الناس وفي وقت متأخر من الليل.

ـ تفضلي حبيبتي قطعة من الشوكولاتة.

ـ لا شكرا أكلت كثيرا حتى أمتلأت.

ـ هذه القطعة من نوع خاص ونادر جلبهُ قريبي من لندن.

تناولت قطعة واحدة من العلبة الصغيرة المزركشة.. فغمزت أم أمير لنور أن تأخذ واحدة أخرى ولكنها اشترطت على الأخيرة تذوقها لكي تبدي رأيها على الأقل.

لم ترفض نور وفعلا أكلت قطعة الشوكولاته وما هي ألا دقائق حتى أغشيَ عليها من أثر المخدر.. طبطبت أم امير على وجه نور بكفها لتتأكد من أنها قد فقدت الوعي ثم أخرجت الهاتف المحمول واتصلت بفخري:

ـ الطبخة استوت، سأركن السيّارة في مكان آمن وتعال لتأخذها تريد الحق؟ اختيارك رائع.. أنا لست شاذة ولكن بسبب ما تحمل من جمال مستعدة أن انام معها وأدفع لك ما تريد.

ثم أخذت تضحك بإغراء.. وانعطفت السيارتان الى خلاء مظلم.. نزل فخري بسرعة نحو سيارة أم امير ثم رمى رزمة من الدولارات تلقفتها أم امير بدون أي تعليق وفتح الباب ورفع جثة نور وألقاها على كتفه واتجه بسرعة البرق نحو السيارة. لم تتأخر أم أمير من تصويره بكاميرتها الخفية عدة لقطات مستغلة انشغاله بخطف الجثة ثم أنطلقت بسيارتها نحو الشارع العام تاركة فخري ونور للقدر.

في اليوم الثاني حدث انفجار كبير في منطقة بغداد الجديدة، أشلاء تطايرت على مفارق الطرقات والشوارع.. وأصوات نواح وبكاءْ ودماء غطت الشوارع والأرصفة فبغداد على موعد يومي مع الموت.

وكان علوش يرقب المشهد بعناية وهو يدخن ربع سيجارة، اقترب شيئا فشيئا من مكان الانفجار وكأنهُ بذلك يشبع رغبتهُ في رؤية المشهد وضحايا الانفجار.. ثم سحب النفس الاخير من السيجارة وألقاها ثم غادر المكان تاركاً العامّة منشغلين بإسعاف الناجين ولملمة بقايا الجثث.

في ذلك الوقت الحزين لم يكن فقط اسودا على طبقة معينة من الشعب.. فأبو نور وكأنه جالس على جمر واجماً ومتألما على ابنته نور التي لم ترجع الى البيت.. اتصلوا بنورهان ولكنها اكدت لهم رجوعها مع امرأة وستتأكد بنفسها من ذلك ثانية.

جلس بين أفراد أسرته الحزينة الذين اجتمعوا بقلق كبير وبالأخص والدتها التي تكدر وجهها ولم تتوقف ثانية عن البكاء والنواح.. ثلاثة من ابنائها كانوا حاضرين، أحدهم يرتدي زي ضابط شرطة برتبة ملازم أول يدعى نبيل.. وبنت صغيرة في العاشرة من عمرها أخذت هي الأخرى تبكي من الخوف.. وازدادت مخاوفهم عندما اتصلت نورهان مجددا لتبلغهم عن أختفاء نور.. بعدما أكدت أم أمير لنورهان بأنها اوصلت نور الى زقاقها سالمة... ولم يتمكنوا من الوصول الى أم أمير بعد ذلك وكانها وميض رعد ظهر وأختفى فوراً من سماء ممطر.

حاول نبيل باتصالاته ان يتوصل الى سر اختفاء اخته ولكن عبثاً يحاول، فآلاف مثلها قد اصبحن في خبر كان، وما أسهل اختطاف انسان في العراق من شربة ماء.

٨

قطع أحدب بغداد شوطا كبيرا بالولوج في عالم الاجرام،
والخيانة .. بل ولم يفكر أبدا في بلده الذي آل الى الخراب بفعل
أمثاله .

وحتى العراقيون أنفسهم احتاروا أهذا زمانٌ عاثر الحظ أو هُمْ
بهِ عاثروا الحظ .. فأينما تستقر تسمع تنهد شكوى أو ترى تجهم
كدر .

ولن تعدم قائلا إن هذا الزمان أضيق رزقا، وأنضب حياء،
وأفسد خلقا، وأقل فرحا وسرورا وأنسا من الزمان الماضي .

وأيضا يجوز أن يكون الإنسان لزمانه ظالماً، وأنه يتحامل عليه
لا لعيب اختص بهِ دون غيره من الأزمنة، ولكن تبرما من قساوة
الحياة وفرارا من جفاف الواقع وملاذاً بظلام الماضي الذي يشبه
ظلام المستقبل، بعث أمل وطِبْ آلام .

إننا في زمان يا صاحبي امتلأ بهِ قطعان الذئاب، يدور الانسان

في حلقة فارغة نارية أن لم يخرج منها يموت وإن اجتازها لربما عاش.

ودأب أحدب بغداد على تنفيذ عمليات إجرامية يسنده الدكتور سالم ويزودهُ بكل آلات القتل وأجهزة التحكم والعبوات الناسفة. ويقوم الأحدب بدوره بتوزيعها بين جماعته المسلحة التي طغت طغيانا لم تشهد له مثيلاً حتى المافيات العالمية.. يقتلون الابرياء بكل برود، اساتذة جامعيون ودكاترة وضباط ومن ثم يمرون على جثثهم ببرود وبابتسامة جافة وحقيرة وكأنهم توعدّوا لآصحاب العلم الويل.

أحدب بغداد كانت لديه غرفة تجميد تتجمع فيها الجثث من القتلى المغدورين والذين تعدمهم السلطات والميليشيات الحكومية.. ومن ثم يتم تحويل الجثث الى عهدة أحدب بغداد سراً تحت جنح الظلام، يحفظهم ثم يدفنها دفعة واحدة لقاء مبالغ ضخمة وبدون شهادات وفاة.

في ليلة كاحلة كانت من ضمن الجثث فتاة شابة شقراء، وبالرغم من مفارقتها للحياة فقد كانت تبدو أشد جمالاً، كانت ضحية كبقية الأموات.. استغل الأحدب انشغال عُماله بدفن الجثث وتوجهَ نحوها ولمسَ خديها بابتسامة تنم عن اللئم والخبث معا:

- لو كنتِ على قيد الحياة هل كنتِ تسمحين لأحدب مثلي أن يلمس ولو شعرة منكِ؟

كلا (قال بصوت قوي) ولكن الآن أستطيع اغتصابك بين هؤلاء الأموات، فكلكم لا حياة فيكم (ثم همّ بفتح أزار بنطالهُ ولولا دخول سلمان الغرفة بغتة ومشاهدته ما يقوم به ابوه لما تراجع الاحدب وتظاهر بأنه يتفحص جثث الاموات قائلا :

ـ الجثة غير تالفة ولكن يجب أن نسرع في دفنهم لأننا غداً سنستقبل عددا كبيرا من الضيوف .

هنا في المقبرة انعكست فيها المعاني، فبدلا من زيارة القبور عند ضيق الصدور والتفكر بالموت، أصبحت مكانا للتجارة والأغتصابات اللامتناهية .. ولو قدر الله وسمعنا شكوى الاموات من فعل الأحياء ببعضهم، ولسمعنا حشرجة الصدى والبكاء يمزق اسماعنا، فقد جفت ينابيع الرحمة في الأرض، الثاكلات والأرامل ماهُنّ إلا جاريات في زماننا المُغبر، يشتغلن خادمات ويكن مصدراً للاغتصاب بل والقتل .

الاغتصاب

انقبضت قائمة وجحظت عيناها من الهلع والذعر في ظهيرة يوم منحوس، وقد ضاع المها المبرح في تيار الخوف الجديد وصاحت بهِ :

ـ أينَ أنا؟ أينَ أنا؟ وماهذهِ الدماء؟

ثم خرجت من المرأة صرخة مبحوحة ولكنها أدركت بأن يديها وساقيها مكبلة بالأصفاد، وفخري جالس امامها ببرود أعصاب على كرسي هزاز يترنح الى الامام والى الخلف في ابتسامة انتصار مرسومة على وجهه، في غرفة كبيرة ذات أثاث فاخر وسرير واسع ومريح مزينة بستائر فاخرة.. عملية أغتصاب متقنة جرت في الليلة الماضية دون أن تشعر الضحية.

- أهدأي أنت في قصري.. لن يسمعك أحد انت ضيفة.

نفث سحابة كثيفة من الدخان من سيجارته ثم أسند بكوعيه على مسند الكرسي ومد راسه الى الامام كأنه يستعد للهجوم، وماذا يهم؟ لقد أجتاز لذعته من الجنس ومازال الانشراح ودبيب لذيذ في رأسه.. يترنح بالكرسي ببرود وأنتعاش وهو يرتدي الروب الاحمر الحريري على جسده العاري.

لم تصدق نور ما يحدث فقد ادركت بعد وقت طويل انها ليست في كابوس تستيقظ منه وترتمي بعده في احضان أمها.. بل لعنة من بني الذئاب اجتاحتها فجأة. ولم يسعفها الصراخ فقد بح صوتها وضعفت ثم استسلمت للأمر الواقع،انتفض جسدها وأرتعدت فرائصها، تستغيث ولا تُغاث، فتعجن البكاء مكلوما في أعماقها بدون ان ينتهي لحظات عذابها.. واصل فخري كلامهُ بأستهانة:

- كل امرأة تعجبني يجب أن تكون من نصيبي وأنت كنت

أرقى منهن، ولو كتمتِ سر ما حصل فلكِ ما تشائين.

ـ اللعنة عليك (تبصق في وجهه) كيف تتجرأ على ذلك، والله لو بقيت على قيد الحياة سأنال منك حتى لو بقى من عمري يوم.

ـ أذن ستعلنين الحرب، حسنا سوف تغيرين ثوبك، الخادمة ستتكفل بالخدمة وسأتسلى بكِ متى ما أشاء.

لم تحتمل (نور) الكلام وأجهشت بالبكاء والصراخ معاً، ثم أقترب منها فخري وداعب شعرها، قاومت نور ثم بصقت مرات عليه مما زاد في خبثِه وبدأ بالضحك.

صفعها مرات ثم شدّ شعرها بوحشية وقال بعصبية:

ـ سأتسلى بك مع رجالي.

وساد سكون عميق مؤلم ثم بصفعة أقوى من سابقاتها أفقدتها الوعي، صاح فخري على الخادمة فدخلت سيدة رشيقة القامة جميلة كوردة بيضاء سفا عليها عجاج الأربعين ولكن رغم ذلك فهي تحتفظ بجمال ورونق غير عاديين، وقالت بصوتها الناعم يحاصرها الصدأ:

ـ سيدي.

ـ خذيها الى الحمام وخليها تحت الدوش لفترة طويلة ولا تفتحي قيدها.

ثم خرج من الغرفة وأجرى مكالمة تلفونية مع الدكتور سالم:

- الو....

- ....

- دكتور سالم..

- ....

- أرجو أن تحضر اليوم أريدك أن تزيد من جرعة الهيروين وأجرك هذه المرة سيكون مضاعفاً، لا أريدها أن تغادر هنا إلا جثة هادمة.

- .....

- حسنا بانتظارك مع السلامة.

- ....

كان يتحسس جسدها وهي مغمى عليها جزءا جزءا حتى ينفتح وعندئذ يقتحمه بعنف بلا هوادة..كأنه يريد ان يؤلمها أو يعاقبها، يخترقها بلا حنان ولاعواطف، بلا تنميق ولارقة مصطنعة، يتعامل مع جسدها بوقاحة.. بجلافة، بعنف متزايد كأنه يتشاجر في الشارع أو يخوض مباراة في المصارعة.. يتحسس نقاط ضعفه ثم يقهره ويُخضعه.. ومن ثم يعود الى مقعد السياسي المُخلص والشريف.

٩

هكذا مرّت الأيام والشهور ووالد نور لم يذق طعم الراحة، زوجته أمامه على فراش الموت تحتضر، وابنهُ الضابط لم يترك بابا إلا ودقه ولكن بلا نتيجة.. أو توفيق يُذكر.. أذان صلاة العشاء طال هذه الليلة، وأحس والد نور بأن المؤذن يردد أذانه لمنتصف الليل من غير أن يستجيب المصلون له، تتموج مفرداته داخل قلبه ويصله صوتا ندياً مخترقا ناخرا داخله الحزين.. ثم انتعل نعليه وتوجه الى اداء الفرض بجلبابه الابيض في مسجد أبو حنيفة النعمان بالآعظمية.

وبينما الدكتور سالم كان لا يكل عن تدمير نور، فهي الآن تستقبلهُ كمدمنة وكل يوم تنتظره بفارغ الصبر لكي تأخذ جرعتها من الهيروين لترتاح وتسند رأسها الصغير على صلابة الأرض، فلا فرق لديها الآن إن نامت على الارض او على الفراش الناعم وثم تضيع في ظلام عالمها الجديد.

نجح فخري في تدمير ملاك لطالما حلمت بالعيش الرغيد..

كمواطنة عراقية لم تطلب الشيء الكثير، لقد شحبت وهزلت حتى جاء يوم وجزع منها ومن شكواها فرماها في مخزن صغير في داخل القصر، وأصبح ينتظر كل يوم بفارغ الصبر نبأ وفاتها ولعلّها تكون قريبة.

وكان قد نسي أمر نور تماماً، كل ليلة مع أحداهن يشبعُ نزواتِه ويمضي حياتهُ وكأنه لم يرتكب شيئاً، حتى زارهُ يوماً أحد الشخصيات وتوقفا بالقرب من المخزن الذي أُلقيَت بداخله نور، وكانت يائسة وبائسة بين النوم واليقظة تتألم.. أثارَ انتباهها كلام الرجل وركزت حواسها رغم صعوبة حالتها بدقة على كل كلمة تدور بينهما:

-فخري.. في هذهِ الحقيبة عيّنة من السلاح الجديد سيُعجبكْ جداً.. بندقية قنص ومسدس من الطراز الحديث روسي الصنع.

استلم فخري الحقيبة وفتحها ثم قال وهو يمعن النظر في داخل الحقيبة السوداء:

- عيّنة رائعة سأحتفظ بها في مكتبي وغداً سأتصل بك لنتفق على العدد.

ثم تصافحا وغادرَ الشخص المجهول القصر.. واخفى فخري الحقيبة في خزانة كبيرة موجودة في جوف الحائط ثم غطاها بلوحة كبيرة وشرع يغير ملابسه بارتياح.

كان أحدب بغداد مجتمعاً بعلوش وسرمد في منزل الأخير وأمام كل واحد أجرته من النقود على ما قاما به من عمليات تفجير، وقد بانت الراحة والنصر على وجوههم، ارتشف الاحدب من كوبهِ الشاي وقال:

- شخصٌ ما، مهم في الدولة سوف ندفن أحد أقربائه ويجب ان نقوم بعملية دفنه بأنفسنا وستكونان معي في الحفر وبمبلغ محترم سيرضيكما.

- وهل مات الشخص بشكل طبيعي ام تم قتله؟ (سأل سرمد)

- لا أعلم، سيصلنا مُكّفناً وجاهزاً في تابوته.. وعلينا فقط دفنه ونقبض أجورنا والسلام.

- ولماذا لا تُكلّف عمالك بالمهمة؟ (قال علوش بنبرة تنم عن التثاقل وعدم الاهتمام)

- الميّت شخصية مهمة، وهو من أقرباء أحد الوزراء.. والدفع مُغر.

وفي أصيل أحد الأيام تم استدعاء (نبيل) شقيق نور الى مكتبَ مدير الشرطة ليخبره الأخير بأن نبيل قد تم اختياره من بين الضباط لتنسيبه في سرية حماية الشخصيات في وزارة الداخلية العراقية. لم يكن وقع الخبر ساراً وحيثُ كان من المفروض أن تهلهل بشائرهُ لها، فاختفاء اختهُ نور كان شيئا قاسياً لهُ رغم

محاولاتهم في البحث عنها.. حتى نورهان لم تستطع أن تعرف سبب اختفائها رغم أن أم امير حلفت لها بأنها قد أوصلتها الى عنوانها بسلام ولا تدري ما حدث بعد ذلك.. حتى فقد نبيل والدته مما تخبطت في رأسه الأفكار والعشوائيات وزاد العبء عليه.

جلس الضابط الحزين مع خطيبته (الهام) التي فاجأته بالانفصال وإنها لا تستطيع أن تتزوج من رجل قد فرّت اختهُ أو اختفت إلى جهه مجهولة. غضب واحتجّ وأصرّ على انه من أحسن العوائل في العراق، ولكن بلا جدوى، فخطيبتهُ كانت قد قررت أن تتزوج من شخص تقدّم ليتزوجها ويقيم في لندن وحاصل على الجنسية البريطانية.

فاختارتهُ ولايهم من يكون وبدون تردد بمجرد أنها سمعت اسم أوروبا.. لأنه سينقذها من بلد السموم الى مدينة الضباب وبلد الرومانسيّة.

ـ الهام فكري جيدا أرجوكِ.

قامت بلا كلام ثم خلعت الدبلة وأنبست قائلة بعزم وثقة:

ـ شوفلك وحدة ثانية فأنا قررت وهذا قراري.

وتركتهُ ماضية بسرعة وكأنها تريد إنهاء عبء ثقيل جثَم على قلبها المكتوم بالحزن والأسى على نفسها، نظر الى ساعته ثم

مدّ يده الى جيب بنطاله ليدفع الحساب وغادر هو أيضاً بصمت وأسى مُثقل الرأس .

كانت تتسلّط على نفسه في ذلك الوقت عاطفتان :

عاطفة حزن عميق وشعور حاد بالخيبة والغيرة وانهيار الأمل جعلتهُ لا يذوق لذّة في اليقظة ولا راحة في السهاد، وعاطفة تجف وانتقام ممن كان السبب في اختفاء اخته وموت والدته .. التي انتهت الى مثل ما انتهى به الحال من خيبة أمل وانهيار صرح سعادة ...

كلها رسائل مقتضبة تنذر بشؤم ومصيبة، فما دام هناك مختطف أو مختطفون فهناك انتقام .. لأنّ الدولة فاشلة وسياسيوها هم بلطجية وليسوا من اهل ثقافة بل خريجوا سجون وشوارع .. لا يكترثون بما يحدث من خلل في الامان وفساد وقتل، ولو تم الإصلاح ألامني والإداري فهذا معناه أن هؤلاء سيتم تصفيتهم والقضاء عليهم لأنهم السبب الأساسي في الصراع الطائفي والإنساني في العراق . فهم فايروسات تسللت الى جسد الأسد في لحظة غدر .

حضرَ نبيل الى وزارة الداخلية بقيافة عسكرية مُهيبة وأنيقة .. حليق الذقن وثابت العزم .. وتمّ اعلام فخري بوصول وجبة الضباط المترشحين لحماية الوزير .

طلب فخري من أحد افراده وهو برتبة رائد، أن يلتقي بهم ويُقيّم الضباط فكان لنبيل شرف حماية السيد وزير الداخلية.. أما بعض الضباط فتم توزيعهم على شعب الوزارة وقسم منهم في قسم التشريفات لمكتب الوزير.

أُعجِبَ السيد الوزير بنبيل كثيراً وكان راضيا على ادائه وشجاعته وعيّنهُ مسؤول الحماية إضافة الى رفع رتبتهُ الى نقيب، مما أثار فضول فخري في كسب نبيل الى صفه، وربما ليكون ذراعه الآيمن في العمل لو سمحت الظروف.

كان من ضمن مخططات فخري اغتيال وزير الداخلية، فقد وعدهُ أحد الرؤوس السياسيين بتعيين فخري بدلا من الوزير الذي ستنتهي صلاحيته بعد فترة ويجب القضاء عليه.

ومن ضمن خططه الدنيئة التي تهدف الى قلع الوزير في وقت قريب هو انهاء نزوته التي تسيل عندما كان يشاهد نورهان عدة مرات تبالغ في تبرّجها، وأعجب بعلو صدرها ورشاقة خصرها، وكان يتخيلها مراراً وهي مرتمية في حضنه بملابس نومها وبألوانها المُغرية.. وصممّ بعد أن فاق من حلمه بأن يضمها الى مجموعته وأعدّ لذلك حال تخلصه من الوزير.

أستدعى فخري الخادمة وسألها عن نور فأجابتهُ بأن حالة نور مزرية وإنها على شفا حفرة من الموت الأكيد. فأمرها بدس السم في طعام نور ليُعجل في موتها.. وأبت الخادمة، حاولت ان

تُخلص نفسها من هذه القصة ولكن دون جدوى .

ـ عندما تموت نور على الفور سنلقي بجثتها في مكان ما .. وأن رفضتِ انتِ تنفيذ ما أقول فلك مثل مصيرها .. فلم يعد لي شهوة في جسدها .. الأسبوع القادم يجب أن يُخلى البيت من هذه الزبالة، مفهوم . ـ قال فخري موجها الأمر للخادمة ـ .

١٠

دفن الكنز

تم تجهيز التابوت الذي سيدفن قريبا كجثة، أما حفر القبر فسيشرف عليه الأحدب مع فريقهُ في اليوم التالي، كما طلب فخري من الدكتور سالم. بعد منتصف الليل توقفت سيارة فخمة سوداء تقل شخصين ضخمي الجثة يلبسان بدلة أنيقة وربطة عنق سوداء وقميصاً أبيض. وتم إنزال التابوت بعد أن تكاتف عليها سرمد وعلوش والشخصان حيث من المفروض إيداع التابوت في غرفة التجميد الخاصة بالأموات في القبو..

فتح الأحدب قفل مكتبه في المقبرة ثم دخلوا وأُغلق الأُحدب الباب بعد دخولهم.. حيث يوجد باب حديدي سميك في الجهه اليمنى للغرفة الواسعة يغطيه حائط ثانوي وهمي يفتح

بجهاز تحكم، وعن طريق سلم صغير بعد الباب ينتهي الى دهليز يتجه الى الداخل موازيا لسطح الارض. ثم اضيئت المصابيح في الداخل ومضوا حيث يرفع الاربعة التابوت يتقدمهم الأحدب وبأقدام ثابتة الى الداخل.

وجد الحارسان نفسيهما في دهليز مستطيل كبير ويعلو سقفه هامتهما بعدة أمتار، وكانت أرضهُ متربة، أما جدرانه فمن الغرانيت. وتقدموا جميعا حتى اعترض سبيلهم باب حديدي كبير يأخذ على المقتحمين طريقهم.

تم إدخال الرقم السري عن طريق جهاز الكتروني مخفي داخل الحائط مُثبت على الجانب الايمن من الباب، فانفتح الباب الكترونيا لتفاجأ الحارسان بأبواب أخرى لا حصر لها متقابلة على الجانبين الايسر والأيمن من غرف التجميد التي تم نصبها لحفظ جثث القتلى، كل باب يحمل رقما معينا.

ومضى الأحدب يتقدمهم بعزم لكي يتوصل الى الغرفة التي تم اعدادها لحفظ التابوت فيها. نظر الأحدب الى الغرفة ٨ ثم اشار لهم بوضع التابوت على الارض ومدّ يده ليفتح الباب، وما ان همّ بفتح عتلة الباب حتى قال:

ـ أنتهت متاعبكم هنا سنودع الفقيد.

فتح باب الثلاجة فنفح وجه الأحدب هواء بارد ثم سقط رأس

أدمي مجمّد، كان كافيا لتفكيك مفاصل الحارسين من الرعب الذي لا يوصف، وذعرا شديدا لا مثيل له، فانتفخت اوداج الاحدب وتقطب جبينه وصاح غاضباً:

- ألم تخليا هذه الغرفة؟

ثم رفع الرأس المجمد وقذفه ببرود الى الغرفة وأغلق الباب وصاح بصوت كالرعد:

- اعتقد ان الغرفة ٩ خالية، ولكن مع ذلك غداً ستنظفون هذه الغرفة بعد ان تحفروا حفرة كبيرة تسعُ لهؤلاء، ويجب حفظ الجثث في الاكياس قبل حفظهم في داخل الثلاجة.. مفهوم يا أوباش (قال مزمجرا).

- مفهوم (أجاب سرمد وعلوش بصوت واحد منكمشين وكأنهما يتقيان ضربة قاتلة).

توجه الأحدب الى الباب التالي وفتحهُ ثم أنار أضواء الغرفة، وكان خاليا تماما الا من آثار الدماء وبعض الأطراف البشرية الصغيرة، أقتلع أحد الاطراف الصغيرة من أرضية الغرفة المجمدة ثم زجر سرمد وعلوش:

- عندما يُخلى المكان من الجثث لا أريد أن أرى اية أطراف ملتصقة أيها الأغبياء، فأنا ادفع لكما لكي تعملان بحرص لا بإهمال.

- حاضر غدا سيكون لك ذلك. (أجاب سرمد).

وضع التابوت في الغرفة وغُلق الباب ورجع الجميع الى السطح، رنّ تلفون الاحدب وكان المتصل الدكتور سالم ليتأكد من سلامة سير العملية.

- لا تقلق دكتور سالم غدا سيتم الدفن.

- ....

- طيب نعم سيتم حفر اسم عادل عبد المحسن وتثبيتهُ على القبر.. هذه مهمتي.

- ....

- طيب مع السلامة.

صعد الشخصان السيارة ثم غابت بين ظلام الليل، نظر الأحدب الى المساعدين وقال مؤكدا:

- أبدأوا بالحفر غدا الساعة الرابعة عصرا فالدكتور سالم سيحضر بنفسه.

١١

سلمان وعبود كانا جالسين في القهوة يرتشفان الشاي العراقي وكأنهما على موعد هام، فالساعة الآن الحادية عشرة صباحا. ثم حضر من كانا ينتظرانه، رجل طويل القامة يلبس نظارة سوداء وبدلة أنيقة رمادية اللون وقميصاً أسود، يحمل حقيبة جلدية فاخرة الصنع، صافح الرجل الشقيقين وأخذ موضعه بجانب سلمان.. وتدل لهجته أنه غير عراقي أو بمعنى آخر - إيراني - وسلم الحقيبة الى سلمان قائلا:

ـ الحقيبة مليئة بكل ما يلزمكما لتنفيذ المهمة، ستكون سيارتا الكيا جاهزتين في سوق الغزل، سيتم تفجير السيارة الثانية بعد ربع ساعة من تفجير الاولى بعدما يتكاتف الناس لإسعاف الضحايا.

ثم نهض على الفور، واختفى بهدوء عن القهوة وكأنه كان ظلاً، ارتشف سلمان القهوة متسائلا:

ـ والدنا رمى علينا عبئاً كبيراً حتى لدرجة انه لا يرد على

مكالماتي؟

ـ انه يجتمع بالأشخاص ويخططون ونحن علينا التنفيذ.

ـ اشرب الشاي وبعدها علينا تنفيذ عملية اليوم. (قال سلمان).

ـ الملازم الاول الطيار بارق الدليمي سيكون في قبضتنا لا
تقلق.

جال سلمان نظره على الحاضرين داخل القهوة، فكل نفر قد
انشغل مع الأخر بالحديث وبعد ان اطمأن قال:

ـ بعد الخطف لن يعيش طويلا إنني اتوق لفصل جسده عن
رأسه هذا القواد البعثي.

ـ إذن لنسرع في إخفاء الحقيبة ولنستغل الوقت المتبقي في
مراقبة الضحية.

شربا الشاي ثم خرجا وركبا سيارة بي أم دبليو فاخرة وغابا في
غمرة الزحام.

بغداد تواجه ألآن مجتمعاً مدّمراً لايكاد يصحو البلد من صدمة
حتى تصعقه صدمات، ولو كان الأمر بيد الأحدب لزرع الشر في
كل بقاع الأرض لكي يشفي غِلّه من العباد.

مليشيات تملأ الأرض وبدأت تخلق قوانين سحقت بها حياة
المواطنين.. وكل يوم يولد نسل جديد من المليشيات تحت
شعارات مزيفة أرهقت الناس.. وبكاء الارامل المكلوم يواصل

نحيبه، ويفيض عن حاجتهن.. عيون تتبادل الانكسار وحمحمة الروح تصهل،وتذوي. السنوات العجاف على العراق تتقطر ماءا مالحا، سال من العيون،وأنحدر باعثا شيخوخة ذاكرة مليئة بنزقها وهياجها.

فالاضطراب اليومي للأمن والاعتقالات باتت روتينا، بل أخذت فرق الموت تسرح وتمرح على جثث المغدورين وفاقت بذلك قوانين الغاب في وحشيتها.

بعد يوم طويل مَليء بمخططات ومؤامرات يعود فخري ليرتاح القيلولة في قصرِه الفخم، وقد أتمّ اليوم لقاء بين احد رجاله وبين عزالدين الخطيب في زنزانته للوصول الى اتفاق يرضي الطرفين، فهو بصدد تنفيذ خطة مستميتة تستهدف حياة الوزير ويجب عليه أن يختار اشخاصاً أذكياء.

توقف فجأة عند باب الغرفة التي حجز فيها نور ودنت يده من مقبض الباب ليفتحه ولكنه عدل عن رأيه، ثم داعب ذقنه قليلا ومضى الى غرفته وما ان فتح الباب حتى فوجئ بنور وهي تنتظرُه مرتعشة وقد انطفأت نضارة وجهها وبدا شاحبا، تحمل جسدا هزيلا ومسدسا بيدين مرتعشتين تصوبهُ نحو فخري، بعد أن تسللت الى غرفته مستغلة سكون القصر وخلوه من الخادمة والحرس.

ـ مجنونة نور أتركي السلاح أرجوكِ.(قالها برعبٍ شديد).

ـ لقد وعدتُ نفسي بالانتقام لشرفي وهاهو الله قد قدّرني لكي أرد لك ما جنتهُ يداك يا قذر .

ـ سوف اطلق سراحك واعالجك حبيبتي .

ـ اخرس (هتفت بضعف في وجه فخري الذي أرتعب بدوره بعدما اضحت القضية الى انتقاماً ولربما سيكون جثة هامدة بعد لحظات) .

ثم واصلت نور :

ـ لقد دنست جسدي يا وقح فإلى جهنم وبئس المصير .

وهمّت بالضغط على زناد المسدس ولكن؟

أغمض فخري عينيه مستسلما للقدر، ولكن ما ان سمع صوت الزناد يصدر اصواتا فارغة، خالية من اطلاقات نارية تحسس بيديه جسده وتأكد بأنه لم يُصب بشيء، فالمسدس التي تحمله نور خالٍ تماما من الرصاص مما اثار فيها صدمة فقد فشلت بالانتقام لنفسها، ولم يتأخر فخري في سحب مسدسه من حزامه وسدد رمية قاتلة الى منتصف جبينها، وسقطت من فورها على الارض مضرّجة بالدماء وأنفرجت شفتاها. تقدّم ببطء باتجاه جثتها الهامدة وداس على رأسها بحذائه ببرود، ثم أخذ هاتفه ليأمر أحد الحراس بتنظيف المكان بسرعة.

وطويَت صفحة الشابة الصغيرة التي حلمت بحياة رومانسية

مع حبيبها الصحفي، ابنة الرجل الذي علا الشيب قذاله والذي تضافرت عليه اسباب الحزن واليأس من اللقاء بابنته، فهاهو راقد الآن على فراش الموت.. مجتمعين حوله ابنائه وأبنته الصغيرة التي كانت مرتمية بجانبه مرسوماً على وجهها بالغ الأسى والحزن البالغ على والدها.

ليلة حمراء

مهازل الانتخابات حلت، وحل معها خوف وقلق جديد، فما من حاكمٍ مضى إلا وجاء الاسوأ منه، والشعب يتذمر ويتدمر بين مقصلة الرعب والموت. فالإعلانات المزركشة تحمل بين طياتها صورا لأشخاص وكأنهم رعاة غنم ينوون الفوز بالرئاسة، ناهيك عن تبرعاتهم الرخيصة من دجاج مشوي او بضع مخدات وأغطية يضحكون بها على الشعب بغية كسب أصواتهم. ومن هبّ ودّب اضحى الان سياسياً.

وفي ليلة حمراء نادرة من نوعها قضاها الوزير مع جوانة، لم يفيقا الا بعد انتصاف النهار بعد ان ايقظت الوزير مكالمة هاتفية من زوجته للاطمئنان على زوجها وأغلق الخط بسرعة بعد ان تكلم ببرود مع نورهان.. فتحت جوانة عينيها المتعبتين وتساءلت بتثاقل:

- نورهان؟

- ومن يكون غيرها؟

ثم غرقا في قبلة قصيرة وقال وهو يمسح شعرها:

- ساخذك معي الى المانيا هناك صفقة ستتم قريبا وسنقضي بعد العملية عدة أيام هناك.

- أووه شكرا حبيبي فعلا نحتاج الى جو اوروبي هذه الايام.

- أنت الان في ذمة الوزير وليس مافيا، ستتعلمين السياسة مني حبيبتي.

علاقة رومانسية بلع طعمها الوزير.. فلم يكن يدرك ما يجري وراء الكواليس من أحداث، فثمة لعبة خطيرة تدبرها جوانة مع فخري للإيقاع بالوزير والتخلص منه في اقرب فرصة.. فقد بات الوزير يضع سره في أجمل عشقه. وجوانة بدورها كانت تُعلِم فخري بكل ما كان يدور في بال الوزير، وهاهو فخري يقرر ان يضع لمساته الاخيرة للتخلص من الاخير.

ملايين الدولارات سيتم تهريبها الى المانيا قريبا، ولكن ما اقلق فخري فعلا هو انه تم تعيين جوانة عضوه في البرلمان ولم يرق هذا الأمر لفخري الذي قلب الامور رأسا على عقب، وبات القلق يلعب في أخيلة فخري، فماذا لو وشت به جوانة؟ أن تعقد صفقة مع الشيطان فكل اليقين أن الحياة تعد لك فخا

قميئا، فاللعبة القذرة تنهي حرصك على ابقاء ثيابك ومظهرك ناصعين.. ففخري الان مسؤول في الدولة ولايريد ان يوضع في خانة المجلود.. على الاقل لحين تنفيذ غرضه من العملية التي يخطط لها، ويجب أن تتم.

١٢

في أصيل أحد الأيام تم ترحيل أغلب السجناء من كافة المعتقلات الى سجن أبوغريب وكان من بينهم (عزالدين الخطيب)، كان هادئا يكظم في داخله همّاً وغيظا كبيرين على غير عادته، وقد تسلل الشر الى نفسه وازداد غيظهُ إضافة الى انه مكبل بأصفاد حديدية جعلته يلعن يومه الأسود.

دفعهُ الشرطي بقوة الى داخل الزنزانة المليئة بالمعتقلين.. جال ببصره المتعب في أركان المكان الجديد وبعينين تقدحان بالشر وتخبئان المكر. تمنى في هذه اللحظة لو تحين الفرصة للهرب، فلن يتردد وسوف ينتقم لما اصابه من خصومه وبلا رحمة ولاسيما جوانة التي ساقته الى هذا المصير، ظل عابسا محدقاً في الفراغ وكان غائب الذهن تماماً.

عزالدين متهم بالإرهاب وهذا يعني أنه قد فقد الامل في الحياة.. ولو مد الحظ عونه اليه ونجا بنفسه فبفضل ماله سيتمكن من السفر الى بلد ثان وبدون خطر.

أخذ مكانا له في أحدى الاسرة التي تتكون من طابقين، واختار الطابق الثاني من السرير وقفز بهمة وكان تحته رجل ضخم كبير الرأس على خده الأيمن اثر قديم لجرح سكين.. صاح بصوت غاضب ومخيف:

- أيها المعتوه على رسلك فقد أقلقت نومي.

أعتذر عزالدين بدون ان يخيفه صوت الرعديد ثم وضع رأسه على وسادته وأغمض عينيه يتأمل مصيره في الايام القادمة.

في مشهد آخر ولكن غير السجن، وبالتحديد في حجرة كبيرة أنيقة، مزينة الجدران بسجّاد صغير وبسملة ذهبية، تتوسط أضلعها كنبات وثيرة ذوات أغطية مختلفة الألوان ومساند مطعمّة بالأصداف مموهة بالأمثال، مغطاة أرضها بسجادة حمراء.

ذرت قبضة من البخور في مجمرة ثم لهجت بابتهالات وكأنما تستحضر سحرا أو روحا، فتنهدت الكلمات في استجابة، ولم يتورع فخري في مد يده الى موضع حساس من جسدها الخصب، فمنظرها الأنثوي الطاغي في مسكنها الناعم الخيالي جعل فخري بكل قساوته أن يلين لها.

فهو الأن يعيش في جرح دفين حفرته في قلبه أظافر المرأة. حظي ما حظى منها بالعشق حين جادت به ولكن لكل شيء نهاية، فقد اخمدت جوانة نيران تلك الشهوة المتأججة ثم سألها:

ـ ما بالك تغيّرت نحوي؟

ـ أنت من تخلى عني ورماني في أحضان الوزير لكي تنفذ رغباتك.

ـ ولكنني لم أدفعك للنوم معه فقط لإغوائه للتخلص من زوجك.

نظرت اليه بعين مستغربة ثم قالت محتجة:

ـ لم أسمع، أعد ما قلت يا قوادي المدلل.. انت يا فخري رجل قذر، الآن قد رُزِقتُ بوظيفة برلمانية وذلك بفضل سيدك ومع ذلك لم انساك واشتقت الى صدرك ومازلت أودك.

ـ وهل مازال للوداد مكان في قلبك؟ (تساءل)

ـ نعم، أن كنت تبيع فأنا لا أبيع فكيف انسى من مدّ يدهُ لمساعدتي يوما ليخلصني من الشوارع وفتحَ لي صالون الحلاقة، كيف أنسى؟

مدّ يده بلطف على خدها ثم تلاقت شفتاهما بحرارة وغرقا في نشوة عميقة في جو البخور المنعش.

كان سرمد وعلوش قد أكملا حفر القبر وأخذا قسطا من الراحة، وأثناء تلك اللحظة دار بينهما حديث أضاف الى نفس علوش الشكوك، فما قالهُ سرمد بخصوص التابوت ينم عن خبرة وليست ظنوناً فقط. وبالرغم انهما قاتلان ويحترفان كل أساليب القذارة

فسرمد كان كلامهُ اقرب الى الصحة ولربما كان في التابوت سر أعظم من ان يكون جثة. ولو كانت جثة لدُفنت على الفور لا أن يتم إحضار تابوت من قبل شخصين فقط؟

فكر علوش مليّا بما قالهُ سرمد، نعم أنه محق فقد غدر بهما الاحدب وهما الآن فريسة لخطة قذرة، فالأحدب خائن ولا يُقدّر الخدمات، وأنه يجني مالا وفيراً من هذه العملية وبلا شك.. اذن عليهما أن يفعلا شيئاً لكشف سر هذا التابوت.

١٣

في خمارة تقع في شارع السعدون، ليست كباقي الخمارات بل إنها خمّارة صغيرة وربما غير قانونية.. الرفوف البسيطة الصنع مزينة بالقوارير وخَمّارِها كان طاعناً بالسن، متمادياً في الهدوء، مؤثراً الصمت، غير أنهُ يشع أنساً، وبخلاف الحانات تهيم في سكينة رائعة، وكان روادها يتناجون في الباطن ويتحاورون بالنظرات.

شرب الأحدب كاس ثم تبعتهُ كؤوس حتى تدفقت موجات الخمر في أرجائها كالكهرباء. نظر الى ساعته بتثاقل وقام ليغادر قاصداً المقبرة حيث سيتم دفن الجثة هذه الليلة.. أخذ الهاتف الخليوي واتصل بالدكتور سالم الذي كان مجتمعا كعادته مع اناس ملتحين وكانوا ضباطاً غير عراقيين.

- مساء الخير دكتور..

- أهلا هل جهزتم الحفرة؟

ـ نعم سأذهب حالا وأنتظرك هناك لدفن الجثة .

ـ أنا بانتظار مكالمة من فخري وسأحضر بنفسي عملية الدفن .

ـ إذن أراكَ هناك مع السلامة .

ـ . . . .

وصل الأحدب في وقت متأخر من الليل الى المقبرة، لا صوت يجلب الانتباه سوى انه لما اقترب من مكان الحفرة سمع سرمد وعلوش يتهامسان بينهما ينتظران الأحدب، سألهما :

ـ هل كل شيء تمام؟

ـ نعم لقد اتممنا الحفر . (أجاب علوش) .

ثم دنا الاحدب منهما وقد شك في امر خطر على باله :

ـ اشم رائحة ولا أعرف ما لونها .

ـ أوَ هل للروائح ألوان؟ قال سرمد ساخراً .

حرك الأحدب رأسه بنعم ولم ينبس بكلمة وأكتفى بالسكوت، ثم ترامى الى مسامعهم اصوات أقدام تقترب منهم شيئا فشيئا كانوا اربعة .. الدكتور سالم وفخري والشخصان اللذان أحضرا التابوت .. كان ثمة حديث يدور بين الدكتور سالم وفخري :

ـ هل أنت متأكد من الأحدب؟

ـ هو من ينفذ لنا عمليات بغداد، ثقة في العمل وأعوّل عليه

في أكثر مهماتي .

ـ هناك شمع احمر في التابوت لا تنسى التدقيق عليه .

ـ لو يختفي ما بداخل التابوت، فهم أيضاً سوف يختفون من على وجه الارض فلا تقلق .

وحال وصولهم الى مكان الحفر توقفا عن الحديث ثم اقتادهم الأحدب الى داخل القبو حتى وصلوا الى الثلاجة التي أودعت فيها الجثة .

فخري كان يتصرف بثقة عالية ولم تقشعر له شعرة واحدة بل حتى كان يتصرف وكأنه صاحب المكان وكان يمشي في الممر بين ثلاجات الاموات واثق الخطى .

تم نُقل التابوت الى مكان الدفن وتم فحصه جيدا وكان التابوت مصنوعا من الخشب الفاخر موشّح بالعلم العراقي . وبإشارة من الدكتور سالم الى الاحدب أمر الأخير سرمد وعلوش بالانصراف قائلاً :

ـ انصرفا الآن والأتعاب ستصلكم الليلة كما هو متفق عليه .

انصرفا على الفور وبدون كلام . فأخذ الحارسان على عاتقهما دفن التابوت . ثم أهّلاّ التراب على الصندوق وأنقضى الأمر .

اليوم الأسود

من كان يصدق بأنه سيحل يوم على بغداد وتلبس فيه السواد وخصوصا بعد غزوها؟

والشعب قد انهكه العيش المرير، فتر حماسهم، وجفت ينابيعهم، وتلاشت همتهم، وخمد ذوقهم. فكل شخص جفا الحياة والعبادة والمسرات اليومية البريئة. أشخاص داخل اجساد تحت سماء ماجت بالغبار فلا زرقة ولا سُحب ولا نجوم ولا أفق.

أمّا نبيل فكان ثملاً على غير عادته في أحد البارات ثم رفع رأسه بتثاقل قائلاً:

ـ الموت في الكون...

ورئى طوال الوقت صامتا واجما شبه نائم حتى اقتربت إحدى المومسات منه، في العشرينات ذات قامة هيفاء وقد انضجتها شعلة الصبا فأضفت عليها بهاء واثرتها بشهد الرغبة. مسحت بيدها برأفة شديدة على شعره فأيقظته من نومه على الطاولة، وما ان رأى الصدر العالي الرائع حتى اترع قلبه برحيق الفتنة فثمل من شدة الشهوة وجن بالأخيلة الجامحة. فظلّ ينظر اليها باضطراب وسحبها بقوة لتجلس على ركبته، ضحكت البنت ثم قالت بصوت يغلبه طابع الشهوة:

ـ إشتهيتني؟

ـ عندك مكان؟

ـ غالي..

ـ الغالي يرخصلك.

ـ سعر الليلة ٣٠٠ دولار.

ـ لاتبالي، انا زبونك الليلة وربما كل ليلة.

ـ عندك سيارة؟

ـ مارسيدس ٢٠٠٧.

واو جميل، هل اكملت شرب الخمر. (ثم ألقت نظرة عابرة
على قناني البيرة الفارغة فعبّرت عن ذهولها ثم صاحت):

ـ وتريد أن تسوق؟

ـ لا عليكِ أنا غضنفر.

ثم قالت بهدوء:

ـ أنا اسوق لو تقبل بذلك.

ولم يتردد نبيل فقد راقت الفكرة لهُ كثيرا.. وأعطاها مفتاح
السيارة ثم خرجا متكئاً عليها ثم سألته:

ـ كيف ستركز معي وأنت سكران؟

وأكتفى نبيل بالسكوت وترك الأمر للظروف.

وفي صبيحة اليوم التالي كانت الهام على موعد سفر مع زوجها الجديد الى لندن مدينة الضباب، بعد حفلة زفاف فاخرة أقيمت في فندق الشيراتون في الكرّادة. أنها واثقة تماماً بان اختيارها هو الرأي الصائب.. وكان عليها ان تخطو هذه الخطوة منذ زمن بعيد.

دريد فارسها الجديد، شاب وسيم ذو عينين عسليتين وبشرة بيضاء وشعر أشقر، خفيف الظل مرح يتكلم بنبرة ناعمة رشيق القامة. وصلا المطار ثم ودعا ذويهما.. كانت فرحة جدا وهي تقول في نفسها: وداعا ايها البلد المحروق، يا بلد الحروب لن اعود اليك مجددا حتى ولو اختاروك قِبلة العالم.

وظنت في مخيلتها أنها ستعيش حياة اجمل وبلغة ارقى وروح زوجة بغدادية تسعد زوجها بعيداً عن ارض المقابر.

كان يوما رائعا لها.. ولكن لم يكن كذلك للعراقيين الذين يموتون بالداخل، اثنان وعشرون انفجار ضخم هزت معالم بغداد بعد منتصف النهار، كان للأحدب يد في ١٦ عملية بواسطة شبكته. وأما باقي الانفجارات فقد اعلنت القاعدة مسؤوليتها رسميا عن ما حدث من انفجار راح ضحيتها مواطنون ابرياء.

ضحايا اليوم الدامي الذي تلاشت فيه احلام كثيرة وزهقت ارواح بلا رحمة استقبلتها الانفس بكل ما اوتيت من حزن.

ظهرت جوانة كنائبة عراقية تستنكر ما يحدث عبر اجهزة الاعلام، ولكن هذا لم يكن سوى تمثيل سياسي يتبعه السياسيون في مثل هذه الظروف، وكروتين يجب ان يقدم بشكل منظم عبر القنوات الفضائية، لكي يخلقوا الاثارة المنشودة المترعة برغبة تحقيق أكبر المكاسب لآنفسهم المريضة، هم قادرون على الوصول لكل المتع، وكلما أجتازوا متعة بحثوا عن سواها. وفي كل يوم لهم سلوى جديدة، كائنات شوهاء، تركت مخالبها في أحشاء الفقراء والمستضعفين.

ففي مساء ذلك اليوم الدامي كانت على موعد مع ليلة حمراء مع وزير الداخلية.. حينما جاءهُ صوت ليلي رخيم داعيا فدخل بيتها، لم ير سواها وهي تصب كأسين من الويسكي ثم استوت على اريكتها تداعب شعرها في جلباب حريري أبيض يخفي قسمات الجسد ولكنه يني عن عملقته بطريقة انسيابية تثير الخيال.

وليس في الوجه المتسلطن أثر من زواق، ولكنه ينضح بأنوثة فوّارة بعد أن خلعت قناع النائبة الوطنية في البرلمان. وشعرها الأشقر ذو لون طبيعي لا يشي بأي تكلف كيماوي، دافئ بشباب راسخ. لم تخفف من ارتباكه المعتاد بكلمة بل جعلتهُ واقفا كأنما لتمتحن أثر انوثتها من جديد فيه.. وكأنه هو ايضا يراها للمرة الاولى أو يزورها في بيتها.

ـ أجلس (وعادت تنظر اليه عدة مرات)

ثم شرب الوزير الكأس فلم يرَ بُدّاً من شرب الكأس الثاني وشرب حتى الثمالة، وبسريان الخمر غير المنظورة في دمه التصق بصره بها في جرأة السكران. وتمادى في انفعاله حتى اكتسح كل شيء وأستسلم لتيار قوي دفع به نحوها كالقذيفة.

وكالقذيفة راح يتنقل في أبعادها وهي تتلقفه بحنان حار، ورضى أسِر، واستجابة مستكينة وحماسة معا. وما لبث أن توّج فوق عرش انوثتها ونشوتها وسيادتها، وامتلأ بعذوبة الشهوانية متناسيا أنه السيد الوزير.

وكأنهُ اول ليلة معها ليجد نفسهُ في حضن الفتور الجليل يرى الجنس ويمسهُ لأول مرة.

الأحدب يحترق

كان نشاط الاحدب قد تطور ولم يلبث إلا وقد فاق العمليات العادية.. عندما أمر افراده بارتداء زي المجاهدين وتصويرهم وهم يقومون بنحر الرهائن. وقد جاء بتحسين وسلمه الى علوش كما وعده سابقا.. وفعلا تم نحره امام الكاميرا باعتباره عميل لأمريكا ولكن العواقب لم تنتهي بل ثارت وأحرقت مصير الأحدب.

وفي أحدى الأيام دارت دائرة السوء على الأحدب عندما وجد

زوجته مقتولة في بيتها بعد أن اقتحمت المليشيات مسكنهُ ولكنهم لم يجدوا الاحدب فقرروا الانقضاض عليها كرسالة منهم اليه بأنهم عازمون على الانتقام نتيجة تصرفه ازاء تحسين.

اضطر الأحدب الى تغيير مسكنه وبات رغم قوته يتحسب من المليشيات التي باتت تتكاثر كل يوم.

تحسين: كان يدير مليشيا اسمها (جيش العهد الجديد) اللذين قتلوا زوجة الاحدب بعدما توصلوا عن طريق أجنداتهم الى هوية القاتل، ومازالت النقمة كامنة في صدورهم حتى ينتقموا من قاتل رئيسهم، فبدأ بذلك العد التنازلي للانقضاض على الأحدب.

كان الوزير جالساً في مكتبه وأنامله تناجي حبات سبحتهُ القهرمانية التي تلقاها هدية من زوجته.. ويستغلها في أكثر الأحيان لمص القلق، دخلت عليه جوانة فجأة، ابتسم هو فجلست بدورها وقد بان الكدر على وجهها. استغرب الوزير قليلا:

- ما بالك حبيبتي.

- لقد علمت أن زوجي السابق ينوي الهرب وقد يهدد حياتي.

ضحك ضحكة عالية ثم قال:

- مجنونة، زوجكِ في سجن ابو غريب لقد تأكدت بنفسي من ذلك وأنا من بعثتهُ، وحتى البعوض لا يفر من هناك.

ـ ولكن هناك تقارير تقول إن القاعدة تحاول اقتحام السجن والحكومة لا تكترث .

ـ لا تقلقي فحكومتنا الموقرة حكيمة ودولة رئيس الوزراء بدوره حريص جداً على توفير الأمان، هذه إشاعات بحق دولتنا فهي تهتم بالأمن وتكترث لحماية شعبها حبيبتي فلا داعي للتشاؤم .

لم يقنع هذا الحديث جوانة فهي تعلم من ماذا تتكون الحكومة الفاشلة، حفنة من الأوباش لا يفقهون الكلام ولا حديث السياسة، بل جهلة يُنفذون ما يأمرهم به اسيادهم من خارج البلد . وظلت جوانة فريسة الأطياف والخوف، فهي تعلم من هو (عزالدين الخطيب) فلهُ دور بارز في قتل وزير كانا يعملان سويا حتى كاد الوزير ان يتخلص من عزالدين فبادره الأخير بضربة قاتلة أودت بحياته بعد ان وصل الى معقله رغم الحراسة المشددة ونحره بيده .

ثم قامت وغادرت المكان وكلها يقين ان الوزير الحالي لن يستطيع أن يساعدها، بل عقّد الامور وعليه ان يسارع بالتخلص من عزالدين قبل هروبه، إلا ان الوزير مُطمئن لان خطته ضد زوجها كانت قوية بعد ان أقنع المحكمة بأنه متهم بالإرهاب حسب ادلة تم تقديمها للقاضي، وسينفذ حكم الاعدام عليه عاجلا ام اجلا .

وكانت خطط فخري خطف عزالدين الخطيب بعد التفاوض

معه، فهو محتاج الى شخص ذكي وعزالدين رجل نادر جدا بقوته وجرأته، اضافة انه كانَ يترأس مليشيا قوية في العراق. وبعد فترة وجيزة سيتم تنفيذ خطة تهريب السجناء المهمين بطريقة ستوهم الشعب بأن من قام بتهريبهم هم عناصر القاعدة، وعليه ان يضمن كسب عزالدين الى جانبه.

عزالدين يجب أن يكون معهم، ردد فخري وهو يخط عبارات وخطوطاً في ورقة تحت يده، فقد أرسل وبسرية تامة أحدا من رجاله المخلصين الى عزالدين وللمرة الثانية ليتفاوض معه ويجعله يستعد لخطة تهريبه، وقد نفذ فكرته على الفور وبلا ملل وبدأت اول محاولات التفاوض ولكن عزالدين كان يعلم بأن فخري كان عشيق زوجته فرفض أن يتعاون معه وبشكل قاطع رغم حاجتهُ الماسّة الى الحرية.

وتنوع الحديث واللعب وابتكرت الخطط، ووجدت الكرة السياسية من يتبادل رميها، ووجد الحبل المليشياوي من يتصارع على شده، الوزير يتمادى في خططه وهذه المرة بدأ يتجاهل جوانة، فقد بدأت علاقة جديدة مع فتاة في العشرين، رشيقة القامة طويلة.. ستخوض تجربة سكرتارية في مكتب تشريفات وزير الداخلية.

أمّا فخري فكان يؤجج المواقف والمشاكل في سبيل ان ينال

من الوزير الذي بات لعبة قذرة تقف في طريقه، وخصوصاً ان هناك الملايين المدفونة التي يستحقها اكثر منه ويجب عليه الاستيلاء على المال قبل فوات الأوان.

١٤

ها هي الهام في لندن مبتهجة نسيت حتى أهلها، يكفيها سنوات الحرب التي أثقلت كاهل الشباب والفتيات، امّا هي فقد استطاعت الفرار الى حياة هانئة، تظن بأنّها محظوظة، لقد اختارت شاباً، وبنظرها هو سيد الشباب وكانت تردد بأنها فخورة به، في أكثر من مجلس أو مكالمة مع صديقاتها.

وذات يوم تعرفت الهام عن طريق زوجها على (جون) صديق دريد المفضل، اسود البشرة ضخم الجثة قوي البنية، له جسم رياضي هائل، طويل القامة، وكان جون الصديق الوحيد الذي كان يصاحب زوجها في اكثر مشاويره كظلّه، بدأت الغيرة تنهش وتنحر انوثتها، فاحتجت على العلاقة وباخت فرحتها، ولكن هباء فدريد أصر انه لن يتخلى عن جون صديقه المفضل وأنه مرتبط معه بأعمال اهم من كل شيء آخر، ولم تكتشف بعد ما يربطه من علاقة مع جون.

عظمت المشاكل بينهما حتى انهكها وضعها كزوجة، وبدأت

تجري اتصالاتها بأسرتها في العراق تشتكي لهم ما تلاقيه من الجفاء في حياتها الزوجية.

كان والدها جاف المشاعر لان الهام تخلت عن نبيل واختارت حياة أوروبا هربا من واقعها بأي ثمن.. إذن فهي المسؤولة عن تصرفاتها مهما بلغ حجم آلامها.

ـ تهديد ووعيد ـ

في أحدى الأيام تلقى الأحدب رسالة تهديد من مليشيا مجهولة تهددهُ هذه المرة بقتل ولديه وبنفس الطريقة التي قُتل بها تحسين غريمهُ السابق.

لم يكترث بل أزداد عنادا وغطرسة، بلْ جنّد ما يستطيع من اشخاص لتقوية شبكته الإجرامية، حتى تطورت الأمور ووصلت الى مرحلة الصدامات المسلحة الدامية في حي الفضل والثورة ـ مدينة الصدر حاليا ـ . وبينما كان الأحدب في زيارة عمل لأحد عملائه القاطن في حي اور فوجئ بوابل من الرصاص لم يرحم أحداً، واستهدفوا الاحدب بكل قوة. وهب افراد حمايته لإنقاذه وأستغرق القتال ما يقارب نصف ساعة.. لم تتدخل أي جهة امنية كالمعتاد في حل هذا القتال، بينما تناثرت جثث واحترقت أخرى بفعل الاسلحة الحديثة الفتّاكة. فقُتل قسم من جماعة الأحدب ومن المليشيا التي هاجمتهُ ولكن أكثر الضحايا كانوا

من السكان الأبرياء.

أدركَ الأحدب بأن حياته في خطر واتصل بالدكتور سالم ليُخبره بمجريات الأحداث والتي كادت تودي بحياته، فأكد الدكتور ان لا علم له بالمليشيا التي هاجمتهُ، وانه سيعمل جاهداً للتوصل الى هوياتهم ومعاقبتهم.

بعد عدة شهور سنحت الفرصة لتهريب ملايين الدولارات الى خارج القطر من قبل وزير الداخلية، وفكر ايضاً في تهريب التابوت، وقد أجرى اتصاله لهذا الغرض مع فخري. ولكن ما لم يكن في الحسبان أن فخري قد جهز خطة قاتلة لاغتيال الوزير وأن يستولي على ماله ومنصبه كما وعدوه المسئولون.. وأيضا لن يتهاون في خطف نورهان.. فهي غنيمة لا يتنازل عنها، وعمليات الخطف ليست بجديدة على فخري وانه لا يقل عن أجرام عدي صدام حسين بل تعدّاه.

وحان موعد اخراج التابوت هكذا أمر الوزير، وان على فخري ان يؤمّن على تهريب المال كالمعتاد الى خارج القطر.. فتمّ تحديد الموعد وعليه التنفيذ.

أمّا في مكانٍ آخر جرى أتفاق لا يسر الخاطر، سرمد وعلوش جهّزا كل شيء لإخراج التابوت المشكوك من امره، وفي ليلٍ غير رحيم اخرجا التابوت ولمّا فتحاه ومّزق علوش الكفن ظهرت لهما الاوراق السحرية، وران صمت طويل من هول المفاجأة..

دولارات لا تُحصى، أذهلت الاثنين وكادا ان يفقدا عقليهما من المشهد السحري.

أنها دولارات، الطاقة، رمز الامبراطورية التي سيّتكلون عليها.. إذن وداعاً أيها الأحدب، سوف نقيم إمبراطوريتنا ونكون الأقوى.. عطر المال عشّش في حنايا الروح وسيودعان أسمالهم البالية، ويشمون أرقى بودرة بيضاء من درجة السلاطين، كانا يتناشجيان على الايام التي مضت وهذا الكنز تحت التراب، يال غباوتنا أردفا بحسرة.

١٥

الغنيمة

المكان: بالتحديد صحراء العمارة على الحدود الايرانية العراقية، وفي أرض مقفرة لا روح فيها، صحراوية، تمتد أسلاك شائكة محيطة بمعسكر كبير ترفرف على أرضها أعلام إيرانية وصور الخميني وخامنئي، ومسلحون بالزي العسكري وجملونات طويلة تحتوي على رهائن من الشباب العراقي، وكأن هذا المعسكر شيّد خصيصاً لتنفيذ عملياتهم داخل العراق. أما على بُعد من خارج الأسلاك أو المعسكر الكبير فهناك اشخاص قد تم اعدامهم بطريقة وحشية وهم مربوطي الايدي وعدد كبير من الجماجم التي تكدست وجفّت لحومها وتشوهت.

وترامت أيضا من الداخل اصوات التعذيب والصياح التي تمزق السكون الصحراوي ولا من مغيث، وكأن الحُرّاس يستلذون بما

يسمعون من أصوات تستغيث. قرارات في القتل ناضجة وفي كل عملية قتل تتم مغايرة تماما عن سابقتها، اثناء التعذيب كان الضحية والسجان كمفتاح وقفل صدئ وبينهما لزوجة تطري التصلب وتنهي انغلاق القفل بهزيمة منكرة ليبقى المفتاح معلقا منتظرا ضحية أخرى ليقتلع حياته، الجلّاد أيراني والمجلود عراقي كلاهما مجذوبين لهاوية سحيقة، والروح تسحق وتذوب فيما بينهما.

كان الدكتور سالم جالساً في اجتماع سري مع ثمانية من ضباط كبار يرتدون الزي النظامي يحملون الرُتب العسكرية.. ويتكلم معهم باللغة الايرانية وبكل طلاقة.. حضر لكي يُشرف على عملية اخراج الاعضاء البشرية من السجناء العراقيين وإرسالها في صناديق مُجمدة الى ايران. وأمّا المرضى فمصيرهم الموت المُحتم.

- نعمل جاهدين في سبيل تأمين وصول أعضائهم الى ايران بسلام والدكاترة يبدون نشاطاً غير عادي في أعمالهم وسأراقب سير الأمور بنفسي. - قال الدكتور - .

ساد صمت قصير ثم قال احد الضباط بصوت قلق:

- عندنا مشكلة يادكتور سالم، هنالك رجل يُدعى الأحدب، قتل احد رجالنا المخلصين ويدعى تحسين وقد أثبتت مصادرنا بأنه يتعرض لدورياتنا ويقتل منهم ما يشاء وهذا أمر غير مقبول ان

تنشط مليشيا بدون علمنا .

صدمَ كلام الضابط الايراني الدكتور سالم وواصل إصغاءه للضابط :

ـ دورياتنا حاولت قتله ولكنه نجا بأعجوبة، وهذا الامر يجب ان ينتهي بسرعة .

أراد الدكتور سالم أن يوضح فقاطعهُ أحد الضباط الجالسين على يساره :

ـ نعلم جيدا مدى علاقتك معهُ وكان ذلك عندما كان الجنرال قاسم يشرف على عمليات بغداد قبل ان يتولى مهمة أخرى ويغادر منطقة الفرات الآوسط .. ولقد سمحنا للأحدب ان يتحرك لسبب واحد فقط هو أنه كان تحت سيطرتك، ولكن ما دام الامر قد وصل الى هذا الحد فيجب ان تقطع دابره وتبحث عن شخص ثان لتوكلّه بتنفيذ ما هو يخدم مصالحنا .

ـ أقتلهُ؟ (تساءل الدكتور سالم) .

ـ تعامل معه بكل حذر . ﴿ قال الضابط موّصياً بهدوء﴾ .

ثم قال ضابط أخر :

ـ ولكي يتم التخلص من رجاله واستئصال شأفتهم يجب أن يُستدّرجوا الى دائرتنا .

ـ كيف؟ (سأل الدكتور سالم) .

أجابه أحد الضباط الجالسين على يمينه:

-لقد جمعْنا كل أسماءْ تنظيمهُ، وعناوينهم وعلينا أن نكسبهم لصالحنا لفترة من الزمن ثم التخلص منهم عن طريق تكليفهم بمهمات وبأجور مُغرية تساعد على القضاء عليهم نهائياً.

ثم ربتَ الضابط الجالس الى يسار الدكتور سالم على كتفه قائلا بهدوء ورضا:

- الرئاسة العُليا كلّفت القادة المُشرفين على عمليات بغداد بتكريم كل القائمين بالواجب، وسيكون لك نصيب كبير من هذا التكريم.

اغتبط الدكتور سالم لهذا الخبر ثم قال:

-لو كان الأحدب يُقلقكم فسأتولى أمرهُ.

-عفارم عليك. (قال أحد الضباط).

ثم قاموا وتوجهوا الى الجملونات لإلقاء نظرة على السجناء، وقد أهلكهم التعذيب الذي يتلقونه على أيدي المُسلّحين، راق للضباط منظر التعذيب وسُرّوا لذلك، امّا الدكتور سالم فكان حياديا لم يُعبّر عن ما يراه لا بخير ولا بِشّر.

ثم رفع أحد الضباط رأس أحد المحتجزين عن الأرض وقد كان مريضاً شاحب الوجه ضعيف البُنية، فوجّه سؤالاً للدكتور سالم:

ـ هل ينفع استخراج اعضائه وهو بهذه الحالة .

ـ لا فالجفاف قد نخر كل شئ فيه .

وبلا تردد أخرج مسدسهُ وصوب طلقة قاتلة الى رأسه، وتركوه مضرجاً بدمائه ومن ثم توجّهوا الى الجملون التالي .

ظهر قلق غير طبيعي على وجه الدكتور سالم ثم سال :

ـ هل يتغذّون؟

ضحك الضباط مستهزئين بسؤال الدكتور سالم فأجابه أحدهم :

ـ نعم، نعم، يتغذّون بالسمك واللحم، طبعاً دكتور سالم (قال ساخراً من سؤال الدكتور سالم) وإلا فكيف يعيشون؟ هؤلاء غنائمنا ونحن لا نملك غيرهم .

ثم وجّهَ ركلة قوية الى أحد الرهائن حتى سال الدم من وجهه :

ـ يجب تغذيتهم فهذا أمر مهم قبل العملية، وإلا فسيموتون بسبب الضعف . (قال الدكتور سالم في قلق) .

ولكن نصيحته كانت السبب في جعله مصدر ضحك واستهزاء للضباط الايرانيين منه، حتى صاح أحدهم بنفاد صبره :

ـ فليمُت يادكتور سالم، والى جهنم وبئس المصير، ليس واجبنا ان نسعف حياتهم أيضا .. الله خلقهم وهو يتكفل بهم هذه وظيفة الخالق، مفهوم يا دكتور .

لم يتفوه الدكتور سالم بكلمة سوى أنه اكتفى بابتسامة مصطنعة لتفادي سخريتهم، فقرر التزام الصمت.. ولكن أحدهم وجه كلامه للدكتور سالم:

ـ دكتور سالم تغذيتهم هي شرنقة التفاهة، والخبز والماء يكفي وزيادة، وإلا لما خُلِق الاثنان؟

ثم ترامى من بعيد صوت محرك سيارة جيب خاكية اللون ترنو باتجاههم من بعيد، تثير التراب من اثر السرعة، وكان فيها سائق وجندي يحمل البندقية يجلس في جانب السائق.. وجنرال عسكري يجلس في الخلف، يلبس نظارة سوداء، نحيل غامق السمرة، ذو أنف يُذكّر بمنقار الببغاء وفي تقاسيم وجهه حدّة، ويرتدي بدلة عسكرية ومعطف خاكياً، رغم أن الخريف كان يسحب خطاه الأولى يُدعى (بهروز) خليفة الجنرال قاسم.

وما أن حاذت السيارة الضباط حتى توقفت، وبعد تبادل التحيات العسكرية.. بادر الرجل قائلاً بضيق:

ـ لقد تأخرتم كثيراً على الميعاد.

فأجابه احد الضباط باحترام بالغ:

ـ سيدي هناك تنظيمات خارجة عن دائرة سيطرتنا، وقد سيطروا حيناً من الوقت على المناطق التي كانت تحت أمرتنا، ولكن الآن قد عادت تحت سيطرتنا، وكل شيء على ما يرام، وقد

استدعينا الدكتور سالم، مع عدد من زملائه الاطباء لإتمام عملية نقل الاعضاء الى طهران بسلام .

ـ سأمشط الحدود بنفسي وسنتعاون على تشديد الأمن في الحدود، أليس كذلك دكتور سالم؟

ـ نعم سيد بهروز وكلي فخر بالتعاون معكم .

ـ تعرفني ولا شك؟

ـ نعم لقد شاهدت عنك فيلم قصير اثناء وجودنا في مؤتمر، ويشرفني التعاون معكم .

ثم أمر بهروز السيارة ان تنطلق بعد ان دار بينهم حديثٌ قصير، اما الباقون فقد انصرفوا ليكملوا استطلاعهم على سير الامور في المعسكر .

قال احد الضباط للدكتور سالم :

ـ لقد وضع الجنرال بهروز الأحدب في قائمتهِ، سيُصفي عناصره حتى لو كلف ذلك نصف ما يملك، ننصحك بأن تستدرج الاحدب يا دكتور سالم وبأسرع وقت ممكن .

تبادلوا النظرات بصمت مع الدكتور سالم ثم واصلوا سيرهم بهدوء .

غيّر الأحدب مكان اقامته، بعد الصدامات الأخيرة والتي توالت عليه كالضربات القاتلة، فقد وصلت الامور الى ارسال رأس

ولدهُ سلمان اليه في صندوق عندما كان الأحدب في مازال بارحاً في مسكنه الفاخر. مما أثار في نفسه الجنون والغضب، وكان ممزوجا بصدمة لم يمُر بها من قبل منذ مقتل زوجته، حيث بدأ يفقد الغالي والنفيس.

مما جعل الاحدب يحتاط في تحركاته، وفي أصيل أحد الأيام دخل الاحدب منطقة فقيرة من احياء بغداد بسيارته المارسيدس الفاخرة.. وانهال عليه وعلى مجموعته وابل من الرصاص المميت خسر جراءه أغلب جماعته وسيارته التي انفجرت اثر الهجوم بعد أن قفز منها عندما اشتعلت بالنار.

١٦

دخلت الهام دارها بعد أن رجعت مكتئبة من الخارج، ترامى الى سمعها من الطابق العلوي وبالتحديد من غرفة نومها صوت جون ودريد وهما يتبادلان كلمات عتاب، وكان زوجها يجهش بالبكاء أمام جون ويُظهر ضعفاً شديداً. تقدّمت بخطى هادئة فقد هالها الأمر غير مصدقة، متفاجئة، دنت اذنها من الباب الموارب، ثم استرقت السمع.. يا لهول ما تسمعه.. الاثنان يتبادلان كلام الهوى.. وها هو جون يهدده بالرحيل، أمّا أن يختاره هو أو زوجته؟

لم يتردد دريد في اختيار جون، مما جعل إلهام تقتحم خلوتهما وشلّت بذلك حركة دريد وفاجأت الاثنان، وهتفت مخنوقة:

ـ يا عيب ما اراه فعلا عليك الخزي يا عار يا ابن العار.

أجهشت بالبكاء بسرعة حتى اسرع زوجها نحوها وصفعها بقوة قائلا:

ـ أخرجي يكفيك شرفاً أنني جعلتك تَصِلين الى لندن.. هكذا

خلقني الله.. اخرجي فأنت طالق.

كانت لحظات وليست كأقسى من كل شيء مضى.. تنازلت عن أهلها وخطيبها من اجل هذا المثلي وربما سيكون اباً لطفلها لو كانت حاملاً، وخرجت من البيت مسرعة لا تلوي على شيء.. سرى في جسدها هسيس مفجع لاتعرف الى من ستمضي؟

١٧

لقد لازمتها الوحشة وجرفها حب الاستطلاع والمغامرة، وتجهّمت أساريرها وارتسم فيها الشعور بالغضب من السكرتيرة التي حلّت في مكتب وزير الداخلية، فهي أشدّ جمالا وأكثر انوثة بجسدها الفتان وطولها الميّاس والقد الأنثوي النادر. إنها ميّادة ابنة احد كبار الضباط الأثرياء في البلد ـ سكرتيرة الوزير الجديدة ـ .

ولربما الحديث الفاحش لميادة كانت هوايتها المفضلة، تماما كما يهوى الناس جمع الطوابع أولعب الشطرنج.. وقد وزعت فحشها بالتساوي على السيد الوزير حيث تتعمد ان تفك زرارين من صدر قميصها وهكذا ما أن تنحني على مكتب الوزير لتقديم الملف حتى ينكشف ثدياها للوزير، وهي تفعل ذلك بأتقان وكأنها غافلة عن نظرات الرغبة التي تكاد تلسعها من فرط الحرارة.

أمّا جوانة فقد فارت من الأعماق موجة عمياء وجرفت ستر

الحياء، فارتطم الاندفاع بالندم، واشتعل غضبها حتى جاء يوم وصاحت بوجه ميّادة بعد ان منعتها الأخيرة جوانة من دخول مكتب السيد الوزير بدون موعد سابق بل وأيّدَ الوزير ذلك وكان راضيا على تصرف ميادة الحكيم .

وهمد غضب جوانة وحقدها غائصة في الصمت والشجن. استمرت فترة غير قصيرة حتى اتصلت بفخري تطلب منه أن يساعدها في التخلص من السكرتيرة :

ـ أنها لعنة يا فخري لايمكن أن تمضي الحياة معها بسلام .

فأجابها فخري بهدوء عنيد :

ـ لكنها ستمضي في طريقها على أي حال .

وعادت جوانة تقول بحرارة وضراعة :

ـ ولكنها سلبت كل شيء .

وكان الوزير يعامل جوانة بسكون ظاهري، وكانت ترضى بما يراد بها، وتستطيع القول إنه كان يسيء معاملتها نهاراً كتعويض عن اندفاعه الليلي .

انه الان يحب السكرتيرة وهذه الحقيقة لا يدانيها شك . تأتي الى قصره مستظلة بجناح الليل لتجدهُ خاشعاً تحت ظلمة شهوة شيطانية يلوحُ في عمقهِ حب الشهوة والتسلّط .

إذن اجتمعت الأسباب في التخلص من السكرتيرة، ولكن

فخري كعادته يجمع بين حب النساء ومصلحته. فأقنع جوانة بأن من يجب التخلص منه فعلا هو الوزير لأنه الداء ورأس الثعبان الذي يجب استئصاله .

ومضت في صمتها حتى كدّرت صفوها رسالة تهديد وصلتها الى مكتبها يأمرها بترك منصبها . وأثناء قراءة الرسالة طغى عليها غضب ممزوج بخوف شديد . . وارتبكت بادئ الأمر ثم استدعت مدير مكتبها وسألته عن المُرسل، فأجابها أن الرسالة جاءت بالبريد العادي وتم فحصها الكترونيا قبل ادخالها .

وهكذا كان، أصبحت جوانة وفخري متحالفين، فكانت جوانة تعيش نصف حياة بعد ان توالت رسائل التهديد اليها .. وشكك فخري بأن المُرسل ليس شخصا عاديا بل ربما يكون مسؤولا كبيرا ليتمكن من تمرير رسائل التهديد بسهولة الى مكتبها. كانت تتلقى الرسائل بقلب خافق، أغمضت عينيها مغالبة انفعالاتها التي تموج بإعصار وهمي وقاسي. وقررت أن تتوقف عن حياة الترف المعهودة منذ ان دخلت البرلمان بواسطة الوزير .. وانطفأت شعلة العزائم، والجنس، وبدت كئيبة واجمة، وانتهت ليالي العزائم حتى تتوصل ألى الشخص الذي يهدد حياتها، وظلت حائرة أيكون فخري أم الوزير؟

فمضت الدائرة تضيق حول عنقها ويديها وتخلقت في حياتها أزمات أشد لم تشعر بوطأتها من قبل .

وفي ليلة من الليالي انبعثت في نفسها وثبة متحدية وهي تحتسي قليلا من النبيذ. رقصت النشوة في رأسها فانساب طموحها الحائر فقررت ان تنفلت من قبضة التهديدات وأن تفعل شيئا حتى قطع على سلسلة أفكارها ونشوتها رنة هاتفها الخلوي وجفلت وإذا بصوت خشن يهددها:

ـ عزيزتي إن لم تلبي مطالبنا فسيكون مصيرك كمصير سيارتك الان . . . . إسمعي . . . . .

عم سكون لثوانٍ في أرجاء المكان . . . حتى قطع هدوء الليل انفجار كبير داخل الكراج المكشوف في وسط حديقة الفيلا . . انفجار اقتلع كل شيء، كسر الزجاج ودمر ما دمر بفعل إعصاره، أما جوانة فقد هوت مغشية عليها على الأرض تطغي وجهها الدماء من أثر الزجاج المنثور . . وبعض شظايا الانفجار التي طالتها.

١٨

في صباح اليوم التالي توتر وضع الوزير حال استلامه الخبر عن طريق الهاتف، لا بسبب قلقه على جوانة، بل لان الامر سيستهدفهُ يوماً، فكيف وصل الانفجار الى المنطقة الخضراء؟ المنطقة الاكثر امانا في العراق.

سيصلهُ يوما الدور حتما فكل المسؤولين مستهدفون من قبل الشعب وقبل كل شئ، اتصل بفخري ليستفسر منه عما جرى ودار بينهما حوار جِدّي:

ـ فخري هل دققتم في الكاميرات؟

ـ نعم، سيارة سوداء فيها أربع ملثمين بالزي الاسود، اجتازوا السياج وقتلوا الحارسين بمسدس كاتم الصوت، ثم زرعوا عبوة لاصقة في سيارة جوانة وفجروها عن بُعد.

ـ أبهذه السهولة؟

ـ كل شيء يتطور إلا نحنُ سيدي الوزير.. فلا أحد يهتم

بتطوير الأمان عندنا وللأسف.

- وأجهزة الإنذار؟

- تم تعطيلها قبل وقوع العملية فالأمر مدبّر مُسبقاً.

- أذن هناك أشخاص وأيادي خفية ضالعة في العملية وليسوا القاعدة كما خمنت.

- بالضبط وسأوافيك بالتقرير ألامني حال وصوله الي.

- بانتظارك فخري.. مع السلامة.

- ....

ثم أتصل الوزير بزوجته ليطمئن عليها وكانت في صالون الحلاقة كالمعتاد تطلي أظافرها وتُسرّح شعرها ولا تبدو عليها أي بادرة قلق.

علم الأحدب بأنه مستهدف فعمد الى التخفي عن الانظار، حتى من الدكتور سالم الذي لم يساعده بشيء، يدير أعمالهُ عن طريق أذنابه الذين يعملون في القبور. امّا هو فقد تبخر واختار مكانا لا يصلهُ الجني الأزرق كما يُقال. لهُ أكثر من وكر ويعاونهُ ولدهُ وفي حالة الاحساس بالخطر ينتقلان الى مكان أكثر أماناً.

وازدادت الأمور تعقيداً على الأحدب عندما قرر فخري اخراج التابوت وكان مملوءاً بالحصى، وكان اختفاء المال مفاجأة كافية لإشعال غضب الوزير وفخري، بل وحتى الدكتور سالم وقرروا

القبض على الأحدب والانتقام منه.

لكن الاحدب بقي غير مرئي بل وازداد عناداً ونشاطا في الاجرام.. ثم بدأ نشاطه وأجراء الصفقات مع أشخاص من خارج البلد، وقرر أن يستقل بعمله بعد ان تأكد بأن الجميع قد تخلوا عنه ولم يعرف بعد بأمر التابوت الذي زاد من الأمر سوءاً.

وما لم يكن في الحسبان قد تم، أنه في ذات يوم تم اقتحام سجن أبو غريب بعد قصفه من قبل مسلحين ملثمين.. وتم تهريب عدد لا يُستهان به من كبار الرؤوس ألإرهابية، وكان لهذا الحدث ردة فعل كبيرة بين الأوساط، ولاكت ألألسن ضعف الحكومة وأنها بالفعل اثبتت فشلها في إدارة البلد.. هذا إن لم تكن الحكومة متورطة في قضية أبو غريب؟

وأزدادت الامور تعقيداً من النقيض الى النقيض، ولكن ماحدث كان كالعادة خبرا مقتضبا من بعض الكلمات التي تبث على أجهزة الاعلام.. فالشعب ان غضب او سكت فالامر سيان.. وكل يوم يسقط اعداد من افراد الشعب كحبات المسبحه ولا من ململم لما يجري على ارض الواقع.

لاذ عزالدين الخطيب مع أحد كبار المجرمين (شنشل) بأحدى البيوت في حي العامل.. وكان شنشل من المقربين للأحدب.. وعندما اتصل بالأخير ليساعده لم يتأخر الأحدب لحظة في إعانته.. كان الهاربان في وضع مزري حيث كانا يلفظان

انفاسيهما من شدة الركض، قلبيهما منسحق في ضلعيهما..
كل واحد يحمل معدة صفراء تسلخُ حلقيهما مكتسيان بالعرق
كملاكم في جولته الثانية عشرة.. ينتظران المدد البعيد .

١٩

المكان: في إحدى مزارع الطارمية النائية والمنزوية في منطقة لا يصلها بشر.. وقد استغل الأحدب ظروف المنطقة لبناء شبه امبراطوريته مع عدد لا بأس به من المسلحين، كان جالسا مع شنشل وعزالدين الى طاولة العشاء وكان عبود يرقب حديثهم بصمت.

- حمدا لله على سلامتكم (قال الأحدب).

- أشكرك على مساعدتنا (قال شنشل وهو ينهش من قطعة اللحم التي أنتشلها من طبق الرز).

- لا شكر على واجب فنحن رفاق درب واحد، ومن هذا الضيف الذي معك؟

- انه عزالدين الخطيب قد زُجّ به في السجن لأسباب شخصية وساعدتهُ على الهروب.

- تشرفنا.

ـ الشرف لي سيدي العزيز (قال عزالدين مخاطبا الأحدب).

ـ محسوبك جبّارْ عودة. (قال الأحدب مقدماً نفسه لعزالدين باحترام بالغ).

ترك الاحدب الضيفين ليكملا العشاء واستأذن منهما ليراقب الوضع الغير مستقر يزفر انفاسه في ستون عاما معكوسة الان امام عينيه.. يحاول جهدا في استذكار قسمات مايحدث.. فالمصائب بدأت تزحف عليه زحف اللبلاب على الجدران.

بعد فترة وجيزة عرف الأحدب بأمر التابوت وتفاجأ من خيانة الجميع له وخصوصا بعد ان تخلي الدكتور سالم عنه.. واستفهم الأحدب بأن الدكتور سالم بات يلعب عليه لاستدراجه. ولم يكن للأحدب خيار ثانٍ غير الهرب بعد أن تخلى عن بيته.. ولاسيما انه فقد زوجته وابنهُ البِكرْ..و عليهِ ان يحافظ على ما تبقى من حياته وإلا فالموت مصيره ولاريب.

قرر عزالدين مؤقتاً أن يحتمي تحت لواء الأحدب لحين تسوية الأمور ومن ثم الهروب الى خارج البلد، ولكنه قبل كل شيء لديه حسابات يجب تسويتها مع خصومه اللذين زجّوه في السجن وتحالفوا على قتله.

خرجت جوانة من المستشفى وعادت الى بيتها وتم إصلاح ما خرّبه الانفجار تماماً.. تلقت مكالمات من قبل زملائها للاطمئنان

عليها، وكان من بين المتصلين الوزير ولكن تلك المكالمة لم تشفِ غلّها منه، إنها مقتنعة تماما بأنه هو من دبّر مؤامرة قتلها ولا ريب. اما فخري فلم يتأخر في زيارتها والتزلف لها بكلمات رقيقة وهدايا ثمينة وأوصاها بالصبر لأنه يعمل جاهداً للوصول الى مُدبري العملية.

لم تخف جوانة خوفها فكيف يصل القاتل الى المنطقة الخضراء المُحصنة؟

لا بد من ان الفاعل مسؤول كبير في الدولة لكي تصل به الجرأة الى فعل ذلك. إذن فمن المحتمل أن تتكرر العملية، وأن هذه الحادثة لن تثني عزمها في بقائها كعضوة في البرلمان العراقي، وخصوصاً انها لن تتخلى عن الحياة الرغيدة والعودة الى أحياء بغداد البسيطة التي أنهكتها الحرب.

قرر الأحدب أن ينيط أول عملية من نوعها إلى شنشل والخطيب، وهي عملية سطو صغيرة على محلات الصاغة في بغداد ..

ولو أمكنَ للأحدب لسطا على البنك المركزي ولكن قلة أفراد عصابته تحول دون تنفيذ مخططاته. القانون في العراق أمسى لعبة لا يطبق إلا على العاديين من الناس، أما الأقوياء فيسبحون فوق القانون، إلا فيما ندر ولا يقاس على الأحدب، وهذه العملية ستساعده في تغطية مصاريف رجاله على الأقل.

تطايرت الأخيلة في رأس الأحدب ماذا لو لم يكن المال والسلاح؟ تخيل نفسه وهو يزاحم مع الارهابيين طرقات المجمع القضائي مثل حبات البن المتدافعة في وعاءْ الطاحونة. ويحكمونه وفق المادة أربعة إرهاب بالإعدام شنقاً. ولمَ لا؟ وقد تم إعدام ألاف غيره حتى وبدون ذنب.. بل لأنهم ينتمون إلى طائفة معينة. ظل يمشي على عشب المزرعة الجائع مثل خرتيت منزوع القرن يستطرد شيئا ويوقفه حيال أخر بلا هوادة.

فلم يعد هناك قانون، ولو وُجد القانون لما كان بإمكانه الاختباء، في مزارع الطارمية.. ويدير عملياته بنفسه، أي بلد هذا؟!

العصابات تتسكع في الشوارع وسرقة البنوك أسهل حتى من شرب كأس الماء. السياسيون جهلة، أغبياء وبلا مبادئ، المال معبودهم. والسرقة دينهم، والمغامرون هداتهم. مجموعة أوباش يعملون في اجهزة الدولة، حتى رئيس الوزراء لعبة بيد أسياده. كل يوم يتسربل السياسيون بالفضائح.

كنزُ المال، لطالما أغرت الاحدب هذه الفكرة، وتحفر سراديبها في وحدانه برشاقة وإغراء. لقد خسر كثيراً ولكن لحسن الحظ لم يحتفظ بالمال في البنوك، السراديب السريّة كانت كفيلة بذلك وإلا لما وجد شخصاً يطيعهُ لحد الموت، وهامَ في وديان الجريمة.

٢٠

خطوات الشيطان

مضت سنة ونصف السنة على طلاق الهام في لندن، ولم تكن تلوي على شيء حتى تعرفت على شابة عراقية تدعى (شهلاء) وكانت سيئة الصيت، ولكنها تظاهرت بالعفة وحاولت كثيرا إغواء الهام ولكن دون جدوى. وأبدت الهام بادئ الأمر مقاومة للنزوات حتى استسلمت بعد ان نخرها التعب والإعياء وطغت على حياتها أيام عسيرة واحست بانها دمية خشبية منحلة الخيوط، فقررت نبذ حجابها والتبرج. كانت مفاجأة كبيرة عندما شاهدتها شهلاء بدون حجاب وجمال وجهها وجسدها الفتّان وشعرها الأسود المنساب على كتفيها كالموج. وأصرت ان تصاحب الهام الى مقهى العرب لتدخين النرجيلة.

كان مقهى العرب الكائن في احد شوارع لندن يرتادهُ شيوخ العرب في الصيف، اما في الشتاء فيكون ملتقى للشباب، وكان من بينهم شاب مغربي في مطلع الثلاثينيات يدعى (مازن)، أسمر جميل الوجه ملتح طويل القامة، كان شغله تاجر مخدرات وله شبكة تعمل لحسابه في انحاء بريطانيا وفرنسا، وكان كثيرا ما يميل الى التسكع مع شهلاء وفعل الرذيلة، وكانت تلعب دور القواد بجلبها بنات تستغل مشاكلهن وفرصة سقوطهن في الفقر لكي تجذبهن في شرك مازن او غيره في سبيل الحصول على حفنة من الكوكايين او الحشيش،مستغلة ماتبقى لها من ساقين متناسقين ملفوفة في الجينز ألآزرق وكعبها العالي طاغي النغمة لاغواء من تستطيع اغواءه لنيل قوتَها الكوكائينية.

حان وقت الهام لكي تقودها الى الشرك، فهي مازالت فاكهة رطبة لم تتذوقها الذئاب بعد، ولكن سرعان ما تعودت الأخيرة على ارتداد المقاهي. وكانت تطلب من شهلاء ان تصحبها الى المقهى حتى اعتادت على الذهاب لوحدها بعد ان تأخذ زينتها.

دخلت تبحث بعينيها بين الجالسين، لفّت خصلة بأناملها وضعتها خلف أذنها محاولة بث الثقة في دقات كعبها على الارض، واختارت مجلسها، حواجبها السميكة وشفاه الكرز والرموش تخفي توترا في عينين يانعتين أطفأهما الحزن شاحبة قليلة ومرهقة رغم تفاوضها مع الماكياج.. وهكذا بدأت قصتها

نحو الهاوية اللندنية .

التقت الهام وبجو هادئ يوماً بمازن صدفة، كان حاضرا كالعادة .. وقد التقى عدة مرات بالهام عن طريق شهلاء حيث جمعتهما بغية التعارف قبل فترة وجيزة. في الجانب الخلفي من المقهى حديقة جميلة واسعة خضراء، تحاذي سور المقهى أشجار عالية تعانقها الاضواء الملونة. جلسا سوية فطلب مازن لنفسه قدح شاي بالنعنع وطلب لإلهام نرجيلة وكوب قهوة ـ أبو الهيل ـ . . . ثم قال لها:

ـ الحق ان الشذا هو الذي يدعوني للحضور هنا، لا شيء غير ذلك، فهذه الحديقة الصغيرة تدعوني الى ان أجلس وأشرب الشاي الاخضر بالنعناع وبعدها أقفل راجعا الى البيت .

ـ متزوج؟

ـ لا أعزب ولي فيلاّ في منطقة ميّدا فِيل .

ـ واوو المنطقة التي كانت تسكنها سعاد حسني وقُتلت فيه . (قالت الهام وهي تسحب نفساً طويلاً من النرجيلة التي احضرها صبي الشيشة صانعة سحابة دخان كثيف يغطي وجهها) .

ـ وأنتِ؟

ـ أنا ماذا؟

ـ أين تسكنين؟

- أسكن منطقة أجوار ولكني سأغير سكني قريباً.

- عين العقل فهذه المنطقة يقطنها الكثير من العرب.

- العرب متواجدون في كل مكان.

ثم دار صمت قصير، وبان الارتياح على وجه الهام بعد ان دخنت الشيشة.. وكانت تنفث الدخان من شفتيها الحمراوين بكل دفء ولم يخفِ مازن اعجابه بأنوثتها عندما كانت تدخن وتغمض عينيها في نفس الوقت وتغرق شوقاً مع الدخان.

وأيضا أثارت غريزة مازن الذي لم يغض بصره عنها ولو للحظة، مما زاد اصراراً ان يذوق طعم جسدها في أقرب فرصة تواتيه..

- كنت في كل مرة أتمشى في الحدائق وحدي، أتغزل برشاقة الأشجار وخضرتها الباسمة.. وأغصانها الثرية، ومضى الزمن وانا أتأود على دفقات النسيم، وانهل من حرية عِبقه بشذا الزهور.. ولكن ما أن رأيتك اول مرة حتى تغيرت وأصبحتْ اتخيل الأشجار انت والليمون أنتِ وكل شيء أنتِ.

- حسبُكَ أن تقول قد أعجبتك قامتي وتتخيلني في كل شيء.

- خيالي واسع وأنا أقدّر الجمال وأضمهُ تحت جناح رجولتي وأوفر للجمال أي شيء يطلبه.

- خيالك واسع ولكن ليس معي.

- الخيال يتسع أكثر لو تتبعين خطواتي.

ـ كيف؟ (قالت وقد بدأ الاهتمام يرتسم على وجهها) .

ـ النرجيلة غير كفيلة أن تأخذك الى الخيال ولا يحقق شيئا من مبتغاك، فلكل خيال سيدهُ الخاص .

ـ كيف؟

ـ النرجيلة فعلها سريع وينتهي، اما العالم الجميل الذي تبغين الوصول اليه فهو عن طريق اشياء اخرى فلكل شيء سيده الخاص كما أشرت .

ـ كيف؟

ـ هل تثقين بي؟

ـ مم؟ لا أدري ولكن شهلاءْ أوصتني بأن أثق بك .

ـ حسناً.

ثم أخرج كيسا صغيرا من جيب الجاكيته مملوءاً بالحبوب الخضراء وناولها واحدة .. فأخذت واحدة قائلة :

ـ أعرفها .. حبوب الفرفشة أليس كذلك؟

ـ نعم وسوف تشكريني على معروفي .

ـ هل استطيع تناوله الآن؟

ـ في أي وقت وخصوصا الآن ... فالمساء رائع جداً ..

ثم تناولت القرص مع كوب الماء، وجلسا يتحدثان ويضحكان

لفترة حتى بدأ مفعول القرص السحري يسري في بدنها، وأخذت العيون تنعس والوجه يشتعل ابتسامة ثم علت ضحكتها وبدأت تودع الحزن وتستقبل الوضع الجديد بسرور كبير.

بعد ساعة نال منها التعب والنعاس وطلبت أن تغادر لأنها فعلا باتت على قاب قوسين او ادنى من حالة يرثى لها.. وإنها ترغب بالنوم لأعوام. وعلى فوره عرض عليها ان يوصلها بسيارته.. فقبلت ثم ركبا السيارة وفي الطريق لم يتردد في دعوتها لقضاء الليلة في بيته نظرا لحالها المقلق كما ادعى.. ووعدها بأن يلتزم حدود الأدب، فقبلت وأنطلق بها.

كانت وهي في الطريق تعطيه صمتها ليفرغ مافي جوفه رغم انها استسلمت لتخدير الحبوب ولكنها مازالت تعي مايقول وماتقول..الشبق فوق شفتيها أشعل حماس الشاب فهي في معجمه الجنسي تعني الحاح مرابي يهودي على ماله وفائدة مجحفة. عند دخولها البيت جلست على ألآريكة الناعمة ثم شربت كاسا من الويسكي قدّمها الشاب لها، ثم جحظت عيناها وطلبت سيجارا محشوة فالتهمته ثم أحتضنت كأسا ثانية. حس الدعابة بين الطرفين بدأ يفيق والشيطان قد دسّ سمه في الجسدين منتظرا بدأ احديهما في التهام الثاني فقد توفرت شروط الزنى أذن فلما ألانتظار؟.. مكورا قبضته ليسجل انتصاره لدى ابليس اخر المساء.. والشياطين معروفة بصبرها فقد أغوت العالم

جاهدةً مئات السنين وبلا كلل. وما ان لامس الشاب شعرها حتى اتزنت الهام على ركبتيه من دون سابق أنذار. استرخيا في الكنبة تاركا نفسه بين ذراعيها ثم اسدل جفونه واندمجا في تولي الدفّة حتى بدأت الغرفة تتسع، وبدأ كل شئ ينبض بأنتظام.

لم يفيقا حتى ظهيرة اليوم التالي.. وعندما فتحت عينيها وجدت نفسها عارية في أحضانه أدركت حينها ما وقع بينهما، كان هو غارقاً في النوم فأخذت تنظر اليه بهدوء وتوسدت ذراعه وعادت وأغمضت عينيها مرة اخرى.

٢١

في جو أخر من الخوف غير الطبيعي قام رئيس الوزراء ببعض التضحيات لإخفاء فضائحه عن الشعب.. وقرر التخلي عن بعض الوزراء بحجة الفساد، وتقديم بعض الاشخاص ككبش فداء على انهم مجرمون ويديرون مليشيات طائفية.

وكان من ضمن الوزراء (وزير الداخلية) الذي تخلى عن زوجته وفر بجلده الى روسيا مخلفا وراءه ضجة اعلامية، ولكن كالعادة فالبلد بين حين وآخر تعوّد على مثل هذه المسرحيات. أما نورهان فعادت كما كانت الى بيت اهلها البسيط.. بعد ان صادرت الحكومة أموالها المنقولة وغير المنقولة، وجلست بجوار والدتها تنعى حظها وتلعن الوزير الخائن.

أمّا فخري فقد ازداد غبطة بمجرد هروب الوزير السابق،، واستطاع بعلاقاته أن يستولي على كرسي الوزارة وعيّن نبيل مسؤول الحماية لشجاعته التي كان يبديها في حماية الشخصيات.. وقد استولى فخري على اموال الوزير السابق الذي أودع بحسابه الكثير

من الاموال من قبل، ولم يكتفِ بهذا القدر وحسب بل غيّر اثاث المكتب. . ثم ما لبث ان اعلن بحثه عن الاحدب ونشر صوره في الصحف اليومية على انه مجرم ارهابي مطلوب للعدالة. وأدت مطاردة الاحدب الى اشتباكات عديدة بين مفارز الوزير وأنصار الاحدب وكان الاخير هَمّ الوزير الوحيد وشغلهُ الشاغل.

وأيضا قضى فخري على خصومه من السياسيين بزرع عبوات ناسفة في أماكن تواجد مقراتهم ونفذ العديد من الاغتيالات لشخصيات عديدة. وتحولت بغداد الى مسرح للعمليات الشخصية واختلت الموازين ومرضت الأنفس وألهمها الفجور وباتت شياطين الانس تقتل بعضها من أجل السُلطة.

أما عزالدين فلم يكن أقل دهاء من فخري وخصوصا بعد ان علم انه قد فاز بمنصب الوزير وعلم بان حياته كمطارد مستهدفة أيضا ولافائدة من أظهار الضعف. . وسرعان ما نشط في جرائمه وسطوه على المحلات وأصبح من رجال الأحدب الموثوق بهم.

وفي أحد الأيام اشتبك عزالدين مع موكب فخري، الاخير لم يكن موجوداً في الموكب فصد نبيل الهجوم وأظهر شجاعة في المقاومة ودحر هجوم الأحدب. وتم ترقيته الى رتبة أعلى وزادَ مرتبه الشهري واصبح رجل فخري الاول. واستلم نبيل مسؤولية حماية امن قصر وزير الداخلية ونشر الحماية المكثفة خوفا على حياة فخري، وابدى اخلاصاً على حفظ سلامة سيده الوزير.

كانا يتبادلان القبلات في مكتب الوزارة، ميادة وفخري التي لملمت نفسها بسرعة وتأبطت الأوراق عندما دق الباب بهدوء.. استعدل فخري في جلسته وتظاهر بمراجعة بعض الأوراق التي امامه ثم أمر الطارِق بالدخول. دخلت جوانة وبان الاستياء على وجه فخري ورمقها بعينين جامدتين متسائلتين عن السبب الذي حملها على المجيء ثم دس وجهه بين الاوراق يُظهر تجاهلا وأستنكاراً على قدومها في غير أوانه وكأنه يرى حشرة غير مرغوب بها في المكتب. قالت جوانة وهي تحدج بنفس الوقت ميادة بنظرة من الازدراء:

- لم تتوقع زيارتي سيدي الوزير، ولكنني عملت بأصلي وجئت للمباركة وللاطمئنان عليك في نفس الوقت.

أمر فخري ميادة بالانصراف بإشارة من يده.. ثم قالت جوانة بشيء من الآسى بعد أن اختليا في المكتب:

-لقد جفوتني واستثقلتني لما؟

- كل شيء طبيعي ولكن كثرة المشاكل حالت دون السؤال عنكِ هذه الايام.

- لقد بدأت اقلق فلم تعد أنت مثل قبل، أنتم الرجال عبيد الكأس والمرأة.

- كل شيء على ما يرام، وعلى فكرة سأكون سندك في البرلمان

فلا تقلقي .. يا إلهي كل شيء يحتاج الى ترتيب (قالها وهو يومئ الى الملفات امامه) البلد سيخرب، ويجب ان اقيم الحد على المجرمين ممن يخونون البلد .

ضحكت مستهزئة وقالت :

ـ بلد يا ابو البلد؟ كلنا على علم من نحن .. فكبيرنا مجرد مهرج بأيدي الغرباء .

حدجها بنظرة غاضبة من عينيه اللتين تطاير الشرر منهما قائلا :

ـ جوانة ماذا تقصدين؟

ـ أنت تعلم بأن لا صاحب لهذا البلد، نحن فقط عبيد ننفذ ما نؤمر به، دولة سيد رئيس الوزراء أكبر كذبة نلقيها على الشعب .. عقود وهمية وأمن غير موجود وحياة بائسة حتى الصومال لم يشهد مثلها .

ـ بدأتِ تخرفين جوانة على رسلكِ قليلاً .

ـ العقد الأخير مع الشركة الروسية بخصوص استيراد طائرات مقاتلة حديثة، صُرف عليها المليارات من الدولارات ولكن الطائرات اساسا خردة ومن خلال محركاتها اتضح أنها كانت مدنية بالأصل وليست صالحة للاستعمال ولا تساوي غير بيعها في سوق الخردة .

ضاق فخري ذرعاً ثم أخذ نفسا عميقا وقال وقد اتسعت عيناه

من الغضب :

ـ ثبِ الى رشدكِ فأنت مجرد عضوة في البرلمان واستطيع أن اقطع عنك نفَسكِ للابد .

ـ تهديد ؟

ـ ووعيد يا جوانة، أنت لا تعرفينني بعد .

ثم قالت حانقة ومقاطعه كلامه :

ـ لقد لمست في كلامك الكثير من التفاهات وأحب ان أُعلِمَكْ بأنكَ لن تستطيع ابدا أن تخيفني بعد الآن .. لقد مللت وضقت ذرعا من وضعي .. على فكرة أعلمُ بأنك على علاقة غيرشرعية بميادة بعدما كانت عشيقة الوزير السابق .. آه لقد نسيت أن اخبرك بأنه قد تم العثور على رأس ام امير في إحدى المزابل .

وكان هذا الخبر كافيا بإرعاب فخري الذي لم يكتم قلقه وغضبه ثم قاطعها هاتفاً :

ـ وما دخلي انا ومن هي أم امير؟

ـ القوادة .

ـ غادري المكتب حالا ـ هتف طارداً جوانة ـ .

ـ أتمنى أن تفيق يا فخري فانا أحبك .

ـ غادري الان قبل أن اتصرف بطريقتي .

لم تتكلم جوانة وكأنها استسلمت لغضب الوزير وتحسبت من ردة فعله فغادرت في الحال مكتبه.

ولم تمر لحظات حتى دخلت عليه ميادة بابتسامة انثوية مغرية .. ترنو اليه بمشيتها الرقيقة ثم دنت تهمس بأذنه بحنان :

ـ حبيبي ممكن أروح؟

ـ نعم ميادة وسأنتظرك مساء.

(نعم فهي الهة الكيمياء التي لا ترحم، لا هي مِن مستترة بملابسها الضيقة ولا هي مِن عارية).

ـ أوكي حبيبي.

لم يفارق القلق فخري بسبب ما سمعه عن ام أمير وحاول التوصل الى قاتلها ولكن ضاع بحثهُ سدى، فقرر الاستسلام للأمر الواقع.

٢٢

التقى عزالدين متنكراً بشعر اسود ـ باروكة ـ ونظارة سوداء،
وبات شخصا آخر تماماً في مقهى بمنطقة الزيونة مع ميادة.. ودار
بينهما حديث مهم:

ـ زوجتك مستاءة جدا من فخري وهناك خطة لقتلها، هكذا
سمعت فخري يتحدث مع ناس لا أعرفهم بالهاتف.

ـ وماذا عن الوزير الهارب؟

ـ اخبار هروبه قد باتت منسية ولكن اشك بأن فخري سيدبر
شيئا له.

ـ لن ينسى أمواله التي استولى فخري عليها.

ـ وهناك محاولات للقبض على الأحدب، فخري قد جنّد بعض
الأشخاص من الفرقة الذهبية للهجوم على مقره.

ثم شدّ على راحة كفها باهتمام:

ـ اريد تفاصيل اكثر ميادة، هذا الموضوع مهم..

ـ هناك ضابط اسمه نبيل سيتبنى الهجوم.

ـ وهل وجدوا مكان الأحدب.

ـ لا ولكن المؤتمنون يعملون جاهدين للعثور عليه، وهذه المره لا أتصور بأن الاحدب سيفلت من الوزير، ليس أنساناً فقد علمت مؤخراً بأنّ فخري يخطف النساء وبعد اغتصابهن يرميهن في تعاسة لا تريم.

ـ سأتولى أمره قريبا اريد مواعيد خروجه من مكتبه لأنني اريد وضع النهاية له ولجوانة.. لقد خسرت كل شيء بسببه.. ولولا الأحدب لكنت الآن مشرداً.

التعالي والغطرسة وألاستماتة من أجل كسب المال باي طريقة كان هدف عزالدين،كان يمقت ماهو مستقر.. هذا الجموح كان ينتابه حتى وهو مطارد.. رئاسة مليشيات وقتل ومن ثم هروبه الاخير من السجن الذي تسبب في نزقه وهو الان على قائمة المطلوبين.أفترقا بهدوء وحذر ثم غابا في زحام البلد الروتينية.

اشتد البحث عن الأحدب وكاد أن يُقتل لو لم ينقذه عزالدين من خطر الكمين الذي كان ينتظره وهو في احدى طلعاته في منطقة أبو غريب.

وذات مرة لو لا تدخل عزالدين لإنقاذ ابن الأحدب لكان الأخير لقمة سائغة للمليشيات الذين نصبوا له كميناً قاتلا في نقطة

تفتيش وهمية، وهم بزي الشرطة المحلية. ولهذا السبب قرر الأحدب مغادرة العراق ولم يكن ليتخذ قراره الاخير لولا كثرة المحاولات التي استهدفته وبشكل لا يُستهان به.. ولكنه أجلّ تنفيذ القرار لكي يصفي حساباته أولا.

وكثرت ويلات المصادمات بينه وبين جماعة تعهدت بجلب رأس الأحدب.. وأمّا ان يظل الأحدب مختبئاً داخل المزارع حتى يوافيه أجله.. أو الهروب الى بلد ينجو ومن معه بحياتهم وبذلك سيُكتب له قدر جديد يصعب على اعدائه الظفر به.. ولكن تباً فالانتقام يوقفه وقد يكلفه حياته.

مهمته الاولى هي أن يجد ضالتيه (سرمد وعلوش).. اللذين سرقا تابوت الدولارات وورطاه في أمر لم يكن في الحسبان. صحيح أن الأحدب قد فقد زوجته ونجله وبيته الفخم وجزءاً كبيراً من ماله ولكن الأولى لهُ ان يحافظ على ما تبقّى والتفكُر في امر نجاته، فالأمور بدأت تزداد سوءاً.

هجر عزالدين كل شيء مرغماً مهيض الجناح، ولكنه قد اقسم بالانتقام، واخذ على عاتقه بالانتقام. وما وقع عليه من قسوة جعله قلقلاً مهدداً في حياته وبات مطاردا بينما جوانة تشغل منصبا مهما في البرلمان وتتمتع وبشكل فاحش من خيرات الحكومة.

مضحك فعلا هذا الزمان كانت جوانة حلاقة في صالون وقبلها مشردة، وبفضل ما تملكه من محاسن الجسد وقدرات انثوية في

اغواء حتى الشيطان ارتقت منصبا لا يستهان به،

ولربما بل حقا ان الجنس يفعل المعجزات .

بعد جهد طويل جاء، زُفّ خبر سار للأحدب بخصوص ضالتيه علوش وسرمد، وتم التوصل لمكانيهما، أملاك لا تحصى خلال مدة قصيرة ونفوذ مليشياوي خطير، ولكن الوصول اليهما مستحيل بسبب ما يتمتعان به من حماية فذة، إلا في حالة واحدة يمكن ان يكونا لقمة سائغة وهي ليلة وجودهم في ملهى ليلي يقع في منطقة ابو نؤاس حيث لا يصحبهما غير عدد يسير من الحماية وهذه الليلة هي اخر اليوم من كل اسبوع .

حياة رتيبة كابدها الأحدب على استكراه، ولن يتنازل عن حقه في قتل خصومه، وربما سيسامح البعض، ولكن ماذا عن الذين تلطخت ايديهم بدماء عائلته، فدائرة السوء دارت عليه الان بعدما تلطخت يده بقتل الابرياء .

جند عزالدين نفسه ليساعد الأحدب ولكن ما لمقابل؟

اشترط على الأحدب ان يمده بمال ورجال لأنه يريد أن ينتقم لنفسه أيضا وبعدها سيغادر العراق الى غير رجعة .. فوافق الأحدب وابدى استعداده لتنفيذ الخطة، وتعاونا بجدية على ما اتفقا عليه .

كان نبيل كعادته يستغل وجود فخري ـ رئيس الوزراء الجديد ـ

في الاجتماع ويتفقد سير برنامج الحالة الامنية في الوزارة والقصر الفخم، وكان يتجول في حدائق القصر يتفقد الحُراس وأطراف القصر، وبينما هو كذلك جاءت له الخادمة الجميلة بكوب شاي قدمته باحترام وإعجاب لهذا الضابط الجميل. وتكررت هذه الحالة عدة مرات وكان كل يوم يمر يزداد إعجابها بهذا الضابط الشاب. حتى قابلها هو الاخر بإِعجاب من نوع آخر، فبالرغم من عبور الخادمة سن الأربعين ألا انها ما زالت تحتفظ بجمال وفتنة ورشاقة ساقيها وخصرها وصدرها العالي ووجهها المنير، وهذه خير الاسباب ليفتن بها نبيل.

ودارت الأيام والشهور حتى دار حديث مقلق بالنسبة لها، كان كافياً لتكدير عينيها الصامتتين وتجعيد هذا الوجه المنبسط، حيثُ نفذ كلام من نوع اخر من ثغره، عندما ذكر اسم اخته امامها التي تدعى نور، وإنها اختفت فجأة من البيت، ومن خلال وصفهُ لأخته أدركت الخادمة بأن من جلبها فخري واغتصبها وقتلها كانت أخته نور وبلا ريب.

ولكن ربّاه كيف ستجري الأمور لو عرف نبيل الحقيقة؟

كيف سيتصرف إن علم بأن فخري قد اغتصب أخته نور مرارا وتكرارا بل حتى سمح بمشاركة اصدقائه في تلك الجريمة البشعة عندما كانوا يسهرون ليلتهم الحمراء مع بقية المومسات.

لقد دنسوا جسدها حتى أدمنت على الكوكائيين وقتلها هنا

في غرفة نومه.. نفس المكان الذي يسعى نبيل الآن لتأمين نوم الوزير بدون قلق أو خوف.

صاهرتها ايّام سود نكدت عليها العيش، ولبست رداء الحزن.. لقد عشقت هذا الشاب وأصبح بينهما علاقة من نوع آخر، تعلم انه لن يتزوجها ولكنها تجد دنياها بين ذراعيه.. واستنامت الى روحه المرحة، وخافت عليه من فخري ذلك الدميم القبيح.

وكانت تنتظر بفارغ الصبر أن تنهي عملها في قصره ليلتقيا سراً وتغفو ليلتها بين احضانه حتى يستسلم النوم بجفنها. وفي أوقات أخرى كانا يطيلان السهر حتى الهزيع الأخير من الليل، ويشربان حتى يثملا ويضحكا ويمرحا حتى يسفر الصبح.

وفي يوم من الأيام عندما ذكر نبيل اسم نور مستعرضا أمامها بعض ذكريات الطفولة مع أخته.. قطب وجهها، وتأثرت، وكاد هو ان يفهم مما تسقطهُ من حديث بأن - شيرين - الخادمة لربما تعلم شيئاً عن اختفاء نور بسبب بعض ردات فعل مريبة من قبل الخادمة، ولكنه سرعان ما أستبعد ذلك وسخر من نفسه. وتكتلت تلك الهموم على شغاف قلبها وأثر في نفسها جمال تلك البنت التي أفناها رجل غظ القلب متحجر المشاعر، ولكنها في نفس الوقت تعلم شجاعة نبيل في الانتقام، ولكنها ليست مستعدة لأن تخسره. ثم ما لبثت أن زالت الطمأنينة شيئا فشيئا ثم خفت الخور فجأة فمدها اليأس بقوة جديدة، وان تهرب من وظيفتها،

وكانت مريرة النفس ومنقبضة الصدر .

فهي تعرف فخري ومكره وعلاوة على ذلك فإنه لن يتوانى عن قتلها لحظة اذا تركته، لأنها على إطلاع بيّن على جرائمه بخصوص النساء اللواتي يجلبهن الى بيته ثم يتخلص منهن بعد ان يأخذ مبتغاه، فهو سفاح وبلا منافس، اضافة الى عقود الاسلحة الوهمية التي يُجريها مع تجار الاسلحة في الخارج .

ولعلها شهدت حادثة قتل فخري لشقيقه من اجل المال، فالمشهد ما زال يدور في خلدها كفيلم سينمائي، وكيف استدرجه الى قصره وجلسا يتعشيان سويا ثم فجأة اطلق رصاصة من مسدسه استقرت في منتصف جبينه وأرداه قتيلا من دون سابق انذار . واجرام فخري ليس له حدود فقد اغتصبها هي ايضا عندما اختطفها من مدرستها وهي عائدة الى البيت، ولم تستطع ان تعود للبيت فاختار لها العمل كخادمة، بدلاً من العودة الى بيت اهلها . هذه قصتها مع رجل يؤتمن على أمان البلد؟ ليست مستعدة لأن تخسر نبيل فهو الآن موطنها كما تصفه له في أكثر من سهرة .

٢٣

في أصيل أحد الايام اختطف عزالدين ستة من رجال علوش وسرمد، وأحضرهم مكبّلي الأيدي الى الأحدب في مزرعة مهجورة بالطارمية. . وبالرغم من شدة الضرب الذي تلقوه إلا انهم ابدوا شجاعة فائقة في كتم الأسرار، ثم اخذ الأحدب البندقية من يد عزالدين وأمر عناصره بأن يَصفّوا المحتجزين على شكل خط واحد وأعدمهم بيده دون رحمة.

كان الأحدب يغتاظ ممن خانوه وتخلوا عنه، فكل شيء ضده الآن والتهديدات بقتله باتت تزداد سوءاً كل يوم، ولو غفل الأحدب لحظة سيخسر حياته.

أمّا الدكتور سالم فكان هو الآخر محتاطاً من غدر الأحدب وغيّر مسكنه، ولم يكن ما بذلهُ من جهود لينفع في بلد كثر فيه القتل وهدر الدماء، ولم تمر أيام حتى اختطفه عزالدين وكانت مفاجأة للأحدب ان يرى الدكتور سالم ماثلا تحت يديه؟ مدبر عمليات بغداد مقيّد معصوب العينين وقد بدا ضعيفا وخائفا من

هذا المصير المجهول الذي لم يخطر على بال الخاطر نفسه بأنه يوماّ سيكون تحت رحمة الأحدب؟ ربّاه.

هتفَ الأحدب في وجه الدكتور سالم بصوت غليظ كالرعد:

ـ أهلا بك في قمطر القنبورة يادكتور سالم.. ما بالك أخائف من المجهول؟

كان الدكتور يتململ تململ الملدوغ، ويشد على ركبته في ألم وجزع، ثم قال بصوت فيه انزعاج:

ـ لقد طلبت منهم أن يدخلوني الى المرحاض فأبوا.

ـ أها أبوا.. ربما تكون لعبة من الاعيبك القذرة.. ولكن لا تقلق فقط تخيّل بأنك بدون الكليتين.

ثم أزاح الأحدب قطعة القماش عن عينيّ الدكتور وضغط على كتف الأخير بيديه ليجثمه بشدّة على الأرض:

ـ عندما كنتم تسرقون أعضاء البشر تتركونهم أحياء دون قتلهم، تتركونهم ليموتوا ببطء.

ثم أخذ الأحدب مجلسه بجانب الدكتور وأخذ صفيحة معدنية قديمة ليجلس عليها في الغرفة القديمة شبه المظلمة:

ـ لقد اتفقت مع أسيادك لتقتلني.. أوَ لمْ اكن ذراعك اليمنى يا دكتور؟

ـ أنا لم أتفق ضدك.. ولكنك تطاولت على مال الوزير. (قالها

بشيء من الارتباك).

- أنا لم أسرق، (صاح غاضبا في وجه الدكتور) علوش وسرمد هما من تجاوزا وسرقا التابوت .. حتى انا لم أعرف ما كان بداخله ولكنك صدقت بأنني السارق ولم تدافع عني.

- صدقني هناك ظروف كانت اقوى مني.

- الكل يبحث عني، اضطررت أن اتنقل متخفيا فقدت بيتي وأهلي، وليس عندي شيء أخاف عليه الآن، أمّا انت فلديك أموالك الطائلة كيف ستتمتع بها لو فقدت حياتك؟

- لو تقتلني ستتعقد المشاكل أكثر، بل وحتى الايرانيون يبحثون عنك.

تغيّرت ملامح الأحدب قليلا ثم قال:

- لما؟

- لأنك قتلت تحسين وكان خير رجالهم، ولكن صدقني أنا كنت اتفاوض معهم في سبيل عتقك منهم وإنقاذ حياتك.

- كان بيننا حساب قديم ولهذا تمت تصفية تحسين والذي قتله هو علوش الذي كان احد رجالي اللذين اثق فيهم.

- لقد تسرعتَ يا قنبورة، كان عليك استشارتي فأنا مسؤولك المُباشر.

- الأمر كان يخصني، لقد وشى بي وبجماعتي في زمن صدام

وكدتُ أُعدمْ لولا معجزة سقوط بغداد، والآن تحاسبونني على قتل كلب خائن.

ضحك الأحدب بصوت عالي، فأثار قلق الدكتور وقال:

ـ ستُعقّد الأمور بقتلي يا قنبورة.

ـ أكثر من الآن؟ لا أعتقد أن موتك وموتي وموت أمثالنا ضار.. على الأقل ليتخلص البلد منّا، لم نفكر بهذه الأرض يوما، تمادينا بالقتل ونشر قانون الغابة في أرجاء البلد.. اما انت رغم أنك تقود تنظيمات قويّة فستبقى كلباً للإيرانيين لأنهم أسيادك، لمسوا فينا الخيانة وحبنا للمال، نحن الخونة الاصليون.. نحن قتلة الأولياء يا صاح، من يفعل ببلده ما نفعلهُ نحن الآن؟

ـ هذا كلام سابق لأوانه يا أحدب،أن لن تعيش كأسد سيذبحونك كالخروف، راجع نفسك فما زال لديك متسع من الوقت ليرجع لك ما فقدته.. لا أعني بالطبع أهلك ولكن سأعوضك بسُلطة أكبر ورسمية وليس هكذا مطارد.. سأزودك بتسليح حديث وعدٌ مني يا احدب.

ثم قام الأحدب وركل الصفيحة بقوة، والغضب والشرر يتطايران من عينيه، وصفق بقوة جنونية وصرخ بوجه الدكتور سالم قائلاً:

ـ أنت ابن كلب (ثم امر جماعته بأخذ الدكتور سالم الى الخارج

وواصل سبه للاخير بدون توقف ليشف غلّه من هذا المارق).

ـ المفروض اخراج كليتك ورميها للكلاب وبدون مخدر، حان وقت إعدامك.

سكت الكلام لدى الدكتور سالم، وخمد الهياج، وولّى قلبهُ فراراً وقبضت يد الخوف عنقه وتسمّر في جلسته على الأرض، مرتبكا ذاهلا زائغ البصر. كان خائفا مما كان ينتظره فخبرتهُ بالقتل جعلته يتقبل حالهُ كمقتول بعد لحظات أو ربما سويعات بل والله اعلم متى وكيف؟ لا محالة إلا اذا تدخلت القوة الذهبية أو أحدى المليشيات لإنقاذه وهذا مُحال طبعا في هذا الوقت.

أذ لاح الأحدب في هياجهِ الجنوني كشيطان رجيم قائلا:

ـ لقد اقترب أجله ولا ريب.. انتظروا إيعازا مني.

قبضوه من ياقة قميصه ثم اقتادوه كما تقتادُ الشاه الى خارج الوكر، وكانت السماء ترعد وتُنزِلُ مطراً غزيراً.. رموه على الطين وفوهات الأسلحة متوجهة اليه ينتظرون حسم أمره، وكانوا ثلاثة ملثمين.. أمّا عزالدين فبقي بالداخل يتباحث مصير الدكتور مع الأحدب..قائلا:

ـ لا أرى في بقائه أية حكمة.

ـ وانا كذلك، بل لو علموا بأن الدكتور لدينا فسينسفون المزرعة علينا بأسلحتهم الثقيلة.

ـ نقتلهُ وانتهى الأمر. (قال عزالدين بثقة).

كان الأحدب واقفا بجانب طاولة مستطيلة عليها كأس فارغ، فقبض على الكأس بأصابع متشنجة وزعق قائلا:

ـ يهددوني؟ وبطريقة وقحة، إن قتلته سيزيدون البحث عني بل ستكون نهايتي حتما، ولكنني لن أتورع عن قتله.

ـ دع عبود ينفذ فيه الإعدام.

وافق الأحدب على اقتراح عزالدين ثم قال:

ـ أقتلوه بسرعة فأمامنا اثنين آخرين.

لم يتوان عزالدين لحظة في اعطاء عبود سلاحه الشخصي لإعدام الدكتور، وكان ابن الاحدب متعطشا لقتل الدكتور أيضاً، اقترب عبود يتبعهُ عزالدين.. بينما الدكتور الذي كان مستلقيا على الطين تحت رشقات المطر القوية.. وكان خائفا جدا، وليس صلبا كما عهده في السابق.. وضع عبود أصبعهُ على زناد المسدس وقربه من رأس الدكتور وشد شعره بقوة وهمس بأذنه مستلذاً بالمهمة:

ـ ذق ما أذقته للناس.

دفع برأس الدكتور بعيدا ثم وجّهَ فوهة المسدس على رأسه ورشقَهُ بعدة اطلاقات فجّرت جمجمة رأس الدكتور سالم، وطوى بذلك صفحة مهمة من حياة رجل مهم كان اسمهُ لامعا في

عمليات بغداد .

٢٤

لندن مدينة الضباب

ازدادت حالة الهام سوءاً، بعد أن تعودت على المخدرات
بشكل سريع ولم يعد مازن يبدي اي احترام لها بعدما أغواها
ودنسها، وبات يسخر منها في كل مكان يلحظها فيه. ولم يعد
يستجيب لطلبها في سد ادمانها ولو بحفنة صغيرة من البودرة
البيضاء.. حتى ملّ من وجودها وكثيرا ما كان يتحاشى اللقاء بها
ويتجاهل اتصالها، واستعان بشهلاء لدفع ثقلها عنه وإزاحتها من
طريقه.

لقد اصبحت الهام بلا مأوى بعدما رفضت الحكومة البريطانية
تجديد إقامتها، وبعد أن طردتها شهلاء من بيتها وتخلت عنها،
حاولت ان تجد عملا ولكن سوء مظهرها وقيافتها البذيئة لم

يشجع أحداً من ارباب العمل أن يقبلها للعمل. ثم حاولت أن تستدرج بعض الشباب عسى أن يشفقوا عليها حتى ولو ليلة واحدة وتتستر من برد الشتاء الذي لا يرحم في بيت لا يهم كيف وأين؟.. ولكن شعرها المبعثر ووجها المكدر من اثر التشرد لم يساعدها في ما كانت تهدف اليه.

لقد ساقها الجزع الى التسول، الهام تلك الفتاة الجميلة ما عاد لها أن تفكر بشيء غير سد جوعها أو ربع سيكار يريح دماغها المتصدع، حتى طليقها لم ينفحها مؤخر الطلاق المتفق عليه بل رماها واختفى، وجعلها تواجه قدَراً من البؤس والجوع، بل سحب أوراق الزواج ليستعصي عليها اكمال اوراق اقامتها في بريطانيا.. فقد قرر أن يعيش حياته في راحة ودعة مع عشيقه الأسود.

داخلَ الهام سخط شامل على الوجود كله، وازدادت حياتها تنغيصاً، شقت في الحياة أضعاف الشقاء السابق، وكان يقع في نفسها المهيضة موقع الشماتة المريرة من قبل، وتلعن حظها العاثر الذي جرّها من حياة شريفة الى حياة المومس.

كانت تجاوب صدى السخرية من قبل من تعرفهن من البنات اسى عميقا في نفسها، فتهيأ لها حيناً أنهنّ يرثين نهايتها.. ويُعزفُ عما سلف من زمانها.

إنها تتجرع الحياة الجديدة قطرة قطرة، وقد اضافت بغبائها وسوء تدبيرها حسرة جديدة وهو التسكع في طرقات وشوارع

لندن الباردة. بل والأدهى أنها تعودت على المخدرات خاصة، وأجمعت أن تقتر على نفسها كي تتهيأ ولو لشمة كوكائيين واحدة في الشهر، ولأعجب بعد أن تحولت حياتها في الآونة الاخيرة الى اللهو والعبث من قبل شباب الشوارع.. والأن تسعى الى الفرار الى أحضان حياة وهمية من آلام الواقع البغيض.

ويوماً تذكرت نبيل، واختلست لحظة لتتفكر في حبيبها القديم، وقد أنس منها استنامة الى حديثه:

ـ حبيبي كم تحبني؟

ـلعلكِ لمستِ شدة حبي لكِ ومن خلال خوفي عليكِ ولكني مازلت اقول: أن الكون كله صغير بقدر حبّة السكر أمام حبي الكبير لكِ.

فزّت من قيلولتها وأفاقت على ليلها المرير، ثم تجولت في الطرقات وكانت عيناها ترنوان على محلات الالبسة المغلقة وهي تتطلع بعينين حزينتين، بائستين الى ثياب السهرة والزفاف من خلال زجاج العرض، وتذرف الدمع مستذكرة رومانسية ايام زمان.. ثم رمقت بعينيها ثيابها الرّثة المهلهلة فأدركت أن ما مضى قد مضى ولن يعود.

في مساء اليوم التالي قادتها قدميها الى حانة متواضعة عسى ان يتلقفها أحد الغرباء من السكارى ويغدق عليها بقليل من الكرم

ويصطحبها لتنام يوما في سرير دافئ، المهم ان ترقد على شيء اسمهُ الفراش، أو حتى يعطف عليها بكسرة من الخبز، واقتربت من حانة كان جو الصخب يسيطر عليها من الداخل، موسيقى ورقصات وأصوات السكارى يعلو فوق كل شيء، جلست امام مصطبة الحانة الفارغة، وبالرغم من برودة الجو.. كان السكارى يمرحون في الداخل، استقرت عيناها على ايديهم التي تمسك المشاريب، يشغف قلبها بكأس ولو صغير يبلل رمقها. وبقيت كذلك حتى خرجت شقراء ذات قامة هيفاء، انكليزية شابة في العشرين جميلة الطلعة أخرجت سيجارتها وكادت ان تدخن، فاستوقفتها جلوس الهام لوحدها فأدركت من فورها ومن خلال وضعها المزري أن الهام بلا مأوى وتحتاج الى طعام وشراب فرق قلبها وحزنت على مظهرها.

أرجعت سيجارتها من دون تفكير الى حقيبتها وتراجعت الى الداخل، ثم ما لبثت أن خرجت وفي يديها ساندويتش وكأس نبيذ احمر.

قدمتها الى الهام بشفقة ولم تتردد الأخيرة في قبول العطاء، حتى اتت على كل شيء، وشربت واستسلمت لشوارد الاحلام في لذة وشوق. وأمدتها المصادفة بزاد جديد لتشبع نفسها، فأعطتها البنت الشقراء ١٠ باونات ثم دخلت لتكمل سهرتها الحمراء.

ولم تطق الهام البقاء فترة أطول وغادرت المكان بعد أن أفرغت اربع كؤوس خمر في جوفها، وهامت على وجهها في الطرقات، متفرجة حالمة، مسرورة. دخلت الى أحد الأزقة وكان الطريق خالياً من الناس هادئا. ثم استقر بصرها على أناس يدخلون بناية ذات دورين وكان الوقت فجراً، فسمعت صوت أذان خافت من داخل المكان، فشعرت بقليل من الأمان.

فثقلت جفونها وداخلها أحساس خفيف بالدوران والتعب من مشقة المشي وخمار الشراب، وأخذت مكانا في زاوية مظلمة خارج البناية وغلبها النوم.

قرع سمعها وقع أقدام ثقيلة وفاقت والتفتت حولها في توجس فرأت شبح شخص ملتحي، أضافت اللحية في وجه هذا الشخص الوقار والحكمة. حاولت الفرار منه فخانها قوتها وسقطت من شدة التعب والنعاس، ربت الشيخ بلطف على كتفها وتكلم معها بالانكليزية:

ـ لا تقلقي سأساعدك.

ـ . . . .

ـ من أين أنتِ؟

ـ العراق.

ـ رباه (صاح الشيخ فزعا) عراقية، يا ابنتي أنا الشيخ مظفر،

| ١٤٧ |

شيخ وخطيب هذا الجامع، من الرمادي وبالتحديد الفلوجة،
زوجتي ستعينك نحن نسكن هنا فوق.

اطمأنت الفتاة للصوت الدافئ والحنين وكأنها كانت تسعى
الى هذا الحنان منذ مدة.. ثم أجهشت بالبكاء والشيخ يمسح
على رأسها بلطف أبوي مبتسما.. ثم أخرج هاتفه وكلم زوجته
لتُجهّز استقبال الضيفة الجديدة.

٢٥

أثار اختفاء الدكتور سالم ضجة كبيرة فاتصل احد الضباط الايرانيين - جنرال عسكري - بفخري وأمره بإخراج مفرزة لتتقصى مكان وجود الدكتور فلعله ما زال على قيد الحياة.

كان هذا ألاتصال المفاجئ كافيا لإيقاظ فخري من سباته وأرعبته لهجة الجنرال وأكد بأنه سوف يفعل المستحيل لإيجاد الدكتور، وخمّن فخري بأن خاطفي الدكتور ربما يكونوا من جماعة الاحدب، ولكن الجنرال أنبهُ وقال بلهجة تنم عن الاحتقار لفخري بان يحتفظ بتخميناته البائسة لنفسه. واجتهد فخري في البحث عن الأحدب ولكن بدون جدوى واتصل بمليشياته، ومنهم سرمد الذي تعهد لفخري بجلب رأس الأحدب قريبا وسُرّ سرمد سرورا عظيما لتوليه مهمة قتل الأحدب.

اما في المزرعة شبه الخالية فقد أمر الأحدب عصابته بأن يزرعوا في حزام المزرعة - أي أطراف المكان - المتفجرات والعبوات الناسفة، واستدراج الجيش الى المزرعة بعد أن يرموا

جثة الدكتور بالقرب من وزارة الداخلية كرسالة لفخري، وقتل من يحاول الدخول الى مزرعتهم.

وكان الأحدب يعد خططهُ بعد منتصف الليل في الغرفة القديمة، تتوسطها طاولة واسعة وسرير نوم على الجانب الأيسر من باب الغرفة المخيفة التي تملأها الرطوبة.. حيث تتسرب الى نفس داخلها كآبة ووحشة، وكان الأحدب بجسمه المكتنز وقد ترهل، مشتداً احتقان الدم بالوجه القبيح الممتلئ، وغابت العينان في الحقد الأعمى، المليء بالانتقام. وبانت في صفحة وجهه بسبب الكبر غضون في الجبين وتجاعيد كثيرة ومخيفة حول العينين وذبول الخدين، لا يرتاح لمنظره أي شخص. وكان يتلفع ببطانية رمادية وقاية من رطوبة الغرفة في تلك الساعة من الأصيل، ولم يداخل عزالدين وعبود وبعض عناصره الموجودين معه الشك بأن الأحدب مفعم بالخمر حتى قمته، من خلال قناني البيرة بعضها مملوءه وبعضها فارغة على الطاولة.

ـ جسده سيُرمى قريباً من مبنى وزارة الداخلية، وسيتم الإبلاغ عن ذلك من قبل أحد عناصرنا.. وسنبرح هذا المكان قريباً لأنهم سيتوصلون الينا وبلا شك.

ـ ولكن هذا خطر علينا في الوقت الحالي من الجهر بالتحدي للوزير.(قال عزالدين قلقا).

ـ الأماكن كثيرة والخطر لن يزول عنّا حتى نترك هذا البلد

المنكوب، والمبلول لا يخاف من زخات المطر.

ـ ولكن الدكتور سالم كانت له مكانة خاصة بين الضباط الايرانيين وهذا سيعزز من حقدهم علينا ولا تنسى كما أخبرك الدكتور قبل مقتله بأنك مستهدف.(قال عبود بقلق بالغ).

ـ اللعنة عليك (قال الأحدب بغضب زاجراً ابنه).

ـ ولكن اي قوة لدينا لكي نتحدى فخري؟.. لما نحاول القذف بأنفسنا الى النار؟ـ قال ابنه ـ

ضرب الأحدب يده غاضبا على الطاولة وقال في تحد:

ـ لدينا مال ورجال والذي يريد الانسحاب فليعلن الآن عن نيته.

وتطلع في الوجوه الواجمة والغاضبة ثم قال:

ـ على العموم لديكم حتى ألصباح للانسحاب من مجموعتي، وبعدها الذي سيعلن انسحابه سأضع ألخازوق في دبره.

أجرى فخري اتصاله مع علوش وسرمد وكلّفهما بأن يتوليا البحث عن الأحدب، وفي اليوم نفسه تم الابلاغ من قبل مجهول عن وجود جثة لشخصية هامة بالقرب من وزارة الداخلية وعلم فخري بعد فترة بأن الجثة تعود للدكتور سالم، مما استدعى الأمر حضور بهروز بنفسه من طهران الى بغداد وبالتحديد مقر وزارة الداخلية.. ودخل على فخري بغتة في مكتبه وكأنه هو الرئيس

لا فخري.

وبعد أن أخذ مجلسهُ على مكتب فخري، اخذ يسأل الأخير بعض الأسئلة، عجز فخري عن الإجابة، ثم اصدر بهروز تعليمات وأكد على فخري الاستمرار بالبحث عن الأحدب ثم قال بازدراء شديد:

ـ فخري لقد اهديناك الوزارة، لا أن تغلبك شهواتك وتنسى ما عليك من واجبات.

ـ انا في طوع أمركم سيدي ولكن ما يحصل الآن أمر خارج عن ارادتنا حتى رئيس الوزراء...

فقاطعه بهروز بغضب:

ـ رئيس ماذا؟ هل نسيتم بأن من يقف وراءكم هم نحن؟ رئيسكم هم نحن مفهوم.

ـ اقصد سيدي ما يحصل في البلد هو شيء ساري.

ـ شيء ساري؟ ماذا تقصد بالساري يا سيد فخري (ثم وبصوت عال يهتف في وجه فخري) هذه منطقتنا لا منطقة جماعات تريد ان تبرز نفسها أو أن تحاول تشكيل أحزاب كما تشاء.. الفرقة الذهبية او فيلق بدر أو حتى جيوشكم هي ترعرعت بإذن منا وأي شيء خارج عن هذا النطاق سوف ننسفه، الجمهورية الإسلامية هي امبراطورية الشرق الجديدة وليست لعبة يُستهان بها.

ـ سيدي، الأحدب . . . ـ غمغم فخري بتردد ـ

قاطعه بهروز قائلا :

ـ الأحدب هالك لا محالة، وخصوصا بعد أن تبنيت قضيته بدلا من الجنرال قاسم، وكل من يتجاوز على رجالنا سنرسله الى جهنم .

في صبيحة أحدى الأيام وصلت الى مقر القيادة في بغداد معلومات تشير إلى أن الأحدب يتواجد في مزرعة نائية في الطارمية، وعلى الفور ارسل بهروز مفرزة للتأكد من صحة الخبر، ولكن ما أن وصلت تلك القوة الى المزرعة حتى وجدت أن المكان خالٍ تماما من الأحدب وجماعته، ولكن لم يمض على تواجدهم دقائق حتى حدث انفجار هائل وعظيم تطايرت فيه الاشلاء والأشجار وتمزقت الأجساد شر تمزيق . . وأعمدة دخان تتصاعد الى قلب السماء الزرقاء . . كان ذلك كميناً مدروساً أستعد لها الأحدب بثقة نفس عالية واثبت نجاحه في كيفية تدبير الكمائن .

هز عنفوان الخبر السيىء أعصاب بهروز حتى جن جنونه وأعلنها حرباً رسمية على الأحدب، ولربما يمتلك الأخير اسلحة تساعده على المقاومة أكثر، فمن يعرف فالحرب خدعة وخصوصا على ارض العراق، وان لن يقضي على الاحدب فسيكون خطراً حقيقيا، وشدد على استخباراته بتتبع آثاره . والتقى بنفسه بعلوش وسرمد اللذين برزا في وقت قياسي قصير على الساحة المليشياوية .

أما الأحدب فلم يكن أقل دهاء.. حيث كان يرقب عناصر الوزارة ويكبدهم خسائر اثناء الكمائن التي يقودها عزالدين.. وكانت غايته النيل من فخري قبل كل شيء. وبعد ان استعصى أمر الأحدب على بهروز، قرر يوما ان يخرج مع قوة صغيرة لاقتفاء اثره وزارَ الاماكن التي شوهد الأحدب فيها مؤخرا.. وبدأت محاولات جادة للإيقاع به.. حتى غضب يوما وصاح في الاجتماع بوجه الضباط والوزراء العراقيين الجالسين:

- من هو الأحدب هل هو اخطر من صدام حسين أو حتى بن لادن؟

ثم واصل بنفس النبرة:

- أنتم أغبياءْ فعلا، ماثلين امامي كالخرفان وهو يقتنص رجال دورياتكم كالذئب.

والحق يقال بأن عزالدين الخطيب قد أبلى بدوره بلاءاً حسناً بعصابة علوش وسرمد.. وعندما علم بان الأخيرين يسكران في ملهى ليلي، لم يتردد بالتوجه اليهما مع فرقته وذهب لملاقاتهما مستميتاً وقرر قتلهما.

كانت خطة عزالدين إحاطة النادي بشكل دقيق لكي لا يفكرا الاثنان بالهروب أثناء اشتداد القتال.. وسد كل ثغرة قد تساعدهما بالفرار. وقد استعان عزالدين بأسلحة فتّاكة ولم يتردد

الأحدب بدفع تلك المبالغ لقصم حياة ألد خصومه.

استغل عزالدين صخب الموسيقى وسُكر الحاضرين.. ثم
احاط رجاله بالنادي، ومن ثم انقض عليهم ولم يرحم من في
الداخل وأمطرهم بوابل من الرصاص الفتّاك. وكانت حربا
مليشياوية شرسة سقط فيها أغلب الحاضرين، وتم إلحاق الدمار
بحماية علوش وسرمد.. أما الأخيران فاظهرا شجاعة المقاتل
الفذ وفضّلا الموت على الاستسلام وكان لهما ما فضّلاه على
نفسيهما، استجاب لهما القدر المكتوب وبلا تأخير.

وبعد قتال عنيف دار بين العصابتين لم تتدخل فيها الشرطة
والأجهزة الأمنية ليمنعوا حدوث مجزرة قاتلة تلك الليلة.
وهذه الظاهرة ليست فريدة، فأغلب المصادمات تُهمل من قبل
الحكومة، إلا في حال تعرض المنطقة الخضراء لأي خطر حينها
تتسابق الميليشيات في الدفاع عن هذه المنطقة المحمية.

وبعد ان تأكد عزالدين من مقتل العدوّين عاد بمن معه من
الرجال الى منطقة السيدية ـ التي أنتقل اليها الاحدب مؤخراً ـ
مزهوا بالسعادة لانتصاره في هذه المواجهة يحمل معه رأسي
علوش وسرمد .

لم يعد لبهروز سوى ان يقتص من الأحدب الذي نغص عليه
خططه، وأمر فخري ان يجهز دورية كبيرة لاقتحام المكان الذي
لجأ اليه الأحدب بصحبة خمس وعشرين شخصاً مطاردين من

القانون في بيت مهجور، وأكد على فخري بجدية القضاء على الأحدب قبل ان تقوى شوكته.

علمت الخادمة البائسة بأنها أمام خيارين إما ان تتخلى عن نبيل أو عن حياتها، أمّا فخري فسوف يقتلها لامحالة. فقررت الهروب الى مكان مجهول، وحين سفور الصباح استطاعت وبلا تردد تنفيذ فكرة الهرب من القصر، وعلم فخري بأمرها وقرر أن يتخلص منها فوراً قبل ان تفضحه، ولم يتأخر في تنفيذ ما خطط لها وأرسل رجالا بإمرة نبيل لتولي مهمة قتلها، أمّا تهمتها فهو إرهاب وخيانة.

كانت ردة فعل نبيل النفسية مفاجأة وصادمة عند سماع تهمتها، لم يكن يستطيع الافصاح عن ما خالجه من شعور حزين وصدمته الكبيرة في عشيقته التي ربطته بها علاقة غير شرعية كادت ان تكلفه مستقبله. ولكنه مُجبر على تنفيذ أمر الوزير والقضاء عليها، لو كانت فعلا متهمة بالخيانة.

وفي أثناء ذلك كانت ميّادة حريصة على ان لا تفقد ثقة الوزير.. متفانية في أداء دورها كعشيقة وموظفة في وقت واحد، وذات يوم مالت نحوه بسرعة وقبلت فمه بقبلة فاضحة ذات رنين عجيب، وكان هذه المرة ذاهلا محموما يتصاعد الدم الى رأسه كما يتصاعد الزئبق الى الترمومتر، ولكن هدوء البال لم يدم طويلا حتى رنّ الهاتف الخلوي وكانت المتحدثة الخادمة شيرين، فلم

يسيطر على جنونه وانفعاله وهتف بصوت عال:

- أين أنت؟

- ليس من شأنك ان تسأل، وتنازل عن غرورك قليلا سيدي الوزير.. لن أنسى ما فعلته بي يا فخري وستدفع ثمن ذلك.

أغلقت شيرين الهاتف وكانت جالسة في غرفة صغيرة فيها نافذة تطل على الشارع العام في منطقة الغزالية، اختلست نظرة من خلال النافذة على منظر الشارع الميت، واسترسلت ببصرها الى المارة غارقة في تفكير عميق وأشعلت سيجارتها وغمغمت:

- كان علي أن اضرب عصفورين بحجر واحد منذ البداية، فربما نبيل يبحث عني كما أمره سيده.

ولم تتردد في تنفيذ فكرتها بإجراء اتصال اخير مع نبيل وكلها يقين بأنه مكلف بالقبض عليها، وكم كانت مفاجأة له، وحاول استدراجها بلطف، ووعدها بمساعدتها، لأنه هو المسؤول عن ملفها الان ولكن عبثاً يحاول. ثم أردفت بلهجة حزينة وبائسة:

- لاشك بأنك صدقت كلام سيدك.. ولم استبعد ان تكون انت مسؤولاً عن قضيتي فهو يثق جدا بك، ولكن رغم ذلك احبك يا نبيل.

- ولمه هربتِ مني إذن؟

- لا أعتقد أنك ستفهم يا نبيل خطورة الموضوع إن لم اعترف

لك بسر خطير وسيغير مجرى حياتك بالكامل.

قطب جبينه وقال باستياء:

ـ سر؟ اي سر يا شيرين.

ـ نور.

ـ نور؟

ـ اختك.

ـ ما لها وما لك؟

ـ مقتولة يا حضرة الضابط.

داخله قلق رهيب وبدأ يتصبب عرقا واتسعت عيناه في ذهول:

ـ وكيف عرفتِ؟

ـ جلبها سيدُك الى قصره أو بالأحرى خطفها.

عند هذه النقطة لم يتحمل مايسمع فهتف قائلا وقد نفد صبره:

ـ اسمعي إن كذبتِ فأنا من سيقتلك هذه المرة مفهوم.

ـ لقد خنقها الوزير كما يخنق الماء الأجاج الورد، خطفها عن طريق امرأة قوادة تدعى أم امير وجلبها للبيت واغتصبها وجعلها تدمن الهيروين حتى دعا أصدقاءه ليتقاسموا لذة النشوة معا، وقد حبسها في مخزن القصر ثم قتلها.

لم يكن وقع هذا الخبر ثقيلا وقاسيا فحسب، بل احتقن الدم في وجهه وضاقت نفسه وأخذ يضرب قبضة كفه على جدار المكتب، انه متأكد بأنها لا تكذب لأنها وصفت نور بكل دقة، شعرها جسمها وطولها والوشم الجميل في زندها الأيمن ولون العينين، وقبل أن تغلق الهاتف قالت :

ـ اعلم أننا لن نلتقي ولكن هذا الرجل هو نقطة في بحر وحتى لو قتلتهُ فهناك الأسوأ منهُ، انهم يحكموننا الآن بلا رحمة وفي قلوبهم حسرة وغيظ، سحائب الظلم والظلام تغشى الحق ولكن ان كنت تريد أن تشفي غلك وتستعيد حقك فأرجو أن تهرب ولا تكن كبش فداء لأحد، وكل أملي ان تنجو من هؤلاء البشر.

ثم أغلقت الهاتف، حاول نبيل أن يتصل بالرقم ولكن الهاتف كان مغلقاً.. وتكدر وجه الشاب وضاقت الدنيا الرحبة به وبدت على وجهه علامات الانتقام.

٢٦

دخل الوزير الى قصره وكان مستاء جدا من الأحداث التي تجري والخارجة عن إرادته، أراد أن يدخل المطبخ ولكنه عدل عن ذلك .. وسار نحو غرفة نومه، مد يده الى مقبض الباب وفتحه، وإذا بشبح نبيل ينتظره مصوبا مسدسه اليه .

إنه نبيل بعينه، مفاجأة من نوع آخر لم يكن في الحسبان، ولكن ما ألذي جاء به؟ .. ولما هذا العداء المفاجئ؟ يوجه سلاحه نحو رئيسه؟ وكأن الماضي يعيد نفسه، ولكن بدلا من نور التي قابلته بالمثل، يقابل نبيل وفي نفس المكان .. وكيف سيتقي شره، فنبيل ضابط شجاع ويُجيد التصويب؟

ـ نور اختي يافخري، لا أعتقد بأنك نسيتها.

بلع فخري ريقه خائفا وجفت الكلمات في حلقه وجعل يتطلع الى عينيّ نبيل خائفاً ثم قال الاخير:

ـ لقد بلغ ظُلمُك ذروته يا فخري، كرّستُ وقتاً من حياتي

لحماية قاتل أختي، واعتقد بأن نهايتك الحتمية قد حانت على يدي.

نظر فخري الى عيني نبيل برعب، وداخله خوف سرى في مفاصله وانتقلت عدوى اضطرابه الى نفسه وكأنه نذير شر مجهول يتجمع في افقه المكفهر، حذره نبيل من اي محاولة خاطفة تسول لفخري نفسه باقترافها.. ولكنه تجاهل التحذيروتحرك بخطوات هادئة نحو نبيل، متظاهرا بحسن النية والسِلْم.. تقدّم باسطاً يديه بسلام يحاول ان يهدئ من روع نبيل عارضا عليه الصُلح، هتف به نبيل بعدم التقدم، ولكن فخري استمر بتجاهل التحذير، وما ان صار على بعض خطوات من نبيل حتى صوب الاخير وبلا تردد إطلاقة نارية من كاتم صوت مسدسه، أعقبتها صرخة الم وفزع، وتصلب جسم فخري في مكانه، ثم انقلب على وجهه جثّة هادمة.

٢٧

كان نبيل قبل قتله لفخري قد اتخذ إجراءاته وهرّب أخوته الى
كردستان العراق، وأسكنهم في بيت أقربائه من الموثوق بهم،
أمّا هو فقد هرب الى اسطنبول مباشرة ومن هناك قرر التوجه الى
بريطانيا.

جنّ جنون الجنرال بهروز بعد مقتل فخري، ولم يستقبل الخبر
بشكل عادي بل ظن ان الأحدب وراء كل ما يحدث وانه شخصٌ
لايستهان به لإقدامه على قتل وزير الداخلية، ولم يستبعد بأن
نبيل أحد أزلام الأحدب.

ولكي تَسهل عملية قتل الأحدب او القبض عليه، أمر بهروز
اذنابه بنشر صور للأحدب في الصحف والتلفزة التي قامت ببث
معلومات كاذبة عنه ووصفوا الأحدب بـ أبو طبر ـ الجديد الذي
شرد العوائل ودمر حياة العديد من الناس.

ذاع صيت الوحش الجديد في العراق وأن بقاءه بات يشكل
تهديداً على امن المواطنين، وأصبح حديث الشارع الذي لا

يفارق ذكر اسمه افواههم كفطور الصباح. وازدادت عمليات البحث عنه وكثرت عمليات المصادمة مع جماعته والقوات الحكومية، حتى ضعف الأحدب وخارت قواه وقلّ ماله وقدرته على صد الهجمات.

هاهو ذا الشبح. هاهو القاتل. جاءَ يسعى لقتل العراقيين العُزّل، كما كانت تلفق القنوات المحلية والصُحف في بثّها اليومي.

أما تجار الاسلحة فاعتبروها فرصة لتأجيج وتنشيط اسواقهم من خلال الاشاعات المغرضة التي دارت في البلد بين حين وآخر. وتضخمت الأمور وخافت الناس بسبب الانفجارات المتزايدة وبُثّت فيديوهات مفبركة بأن الأحدب ومليشياته تبنوا أغلبها.. ورجال الدين بدأو بألآستنفار والتعبئة القصوى وأطلاق الفتاوى حماية لآغراضهم الشخصية وخوفا على مناصبهم.

صار حديث البلد - الأحدب يغتصب - الأحدب الشخص الثالث في تنظيم القاعدة - وأخيرا الأحدب خليفة الزرقاوي.

وكان في أحد الأيام قد صرح احد الضباط لأجهزة الاعلام بأنه لن يتخاذل مع الارهاب، ولن يتخاذل في القاء القبض على الأحدب سواء ميتا او حيا.

وبعد فترة من الزمن جاء بلاغ من مجهول الهوية، بأن الأحدب موجود في خان بني سعد مع عدد قليل من مجموعة ارهابية،

وأذيع الخبر في التلفاز كالآتي:

ـ إن الأحدب يدرب مجموعة كبيرة من الارهابيين وينوون اقتحام حزام بغداد، ولكن الجيش بالمرصاد وان العمليات بدأت لاقتحام وكر الأحدب.

وفعلا كان الأحدب في خان بني سعد مع ابنه وعزالدين وثلاثة آخرين ولكن في وضع يرثى له، حيث الأحدب مصاب بإطلاقه نارية في كتفه الايمن، اما الآخرون فكانوا في حالة نفسية صعبة، تكاتفوا رغم صعوبة الموقف في دار واسعة، بمنطقة نائية من خان بني سعد ولكن في عنوان أخر هذه المرة، وقد احتاط الأحدب كعادته بزرع مواد متفجرة في اطراف البيت الكبير تحسباً لأي هجوم.

ولم يتهاون بهروز في وضع خطة محكمة، وتبنى قيادة قوة لا يستهان بها وتوجّه الى خان بني سعد، وازدادت وامتلأت أنوف الناس برائحة التراب والدم، وترامت في الاسواق أصوات ومشاهد انفجارات دون رحمة وألقيت على الاحدب تبعات اغلب الجرائم.

٢٨

الفجر القاتل

في أصيل احد الأيام خرجت قوة كبيرة من الجيش عقب إعلان رئيس عمليات تطهير بغداد بدء الهجوم على وكر الارهاب. وكانت القوة مدججة بالأسلحة مغادرة مقر وزارة الداخلية تحت إشراف وزير الداخلية الجديد يُدعى ـ معن الجبوري ـ . وبعد حوالي ساعتين وبالتحديد الثامنة مساءً أحاطت القوة التي كانت تتألف من ثلاث مدرعات وخمس سيارات عسكرية وعدد كبير من المقاتلين المشاة وحاصروا البيت الذي يتحصن فيه الأحدب وجماعته المتبقون. وكان النداء المنطلق من المايكروفون يحثهم على الاستسلام مما أحدث صدمة وردة فعل قوية لدى الأحدب وأثار ايضا حفيظته، وعلى الفور بدأوا بالرد على النداء بإطلاقات نارية من اسلحة البي كي سي نحو القوة وقتل عدد

منهم. ودام الصِدام القاتل خمس ساعات، وحاول خلالها بعض الجنود التسلل من خلال سور الدار المحيط بالبيت ولكن عبثا كان.. فقد تلقفتهم نيران الجماعة المحصورين داخل الدار بضرامة ودون رحمة بالمتسللين.

وكان من بين المراقبين للعملية هو بهروز الذي ظنّ بان العملية لن تستغرق سوى ساعتين ولكنه لم يخفِ دهشته من قوة المقاومة التي ابداها الأحدب. وانسحب الى الخلف ليرقب المعركة بمنظاره الليلي وزاده المشهد يقيناً بان الأحدب خصم لا يُستهان به، وان قوتهُ بالرد حقيقة لامناص منه ويجب الاعتراف بشجاعته.

امّا في داخل الدار فحال المقاومين كانت سيئة بالرغم من قوة الرد على المهاجمين، واستطاع الأحدب بمنظاره الليلي ان يرصد الجنرال الايراني وهو يخطط مع الضباط كيفية القضاء عليهم، وسرى الدم في وجهه من أثر الغضب، ثم قال بصوت جهوري:

ـ الكلب الايراني سيتلقى ضربة عراقية لن ينساه أبداً.. هذا لو عاش.

وأختلس نظرة على جهاز التفجير في يده وابتسم بخبثه المعهود.

بالرغم من قلة اعدادهم ألا انهم قاتلوا كجيش ولم يبالوا

بالموت واستغنوا عن الحياة ودبّ فيهم روح التكاتف والقوة في صد الهجوم وقطعوا دابر الامل في روح الجنود لاقتحام الدار بالرغم من اسلحة المقاومين البسيطة ويقينهم بانهم هالكون أمام هذه القوة ولكن شرف القتال لا يُستهان به. .فالمعركة الان هي معركة أكون أو لاأكون حتى ولو أدفن تحت التراب.

في الساعة الواحدة والنصف هدأت الإطلاقات شيئا فشيئا وباتت فقط المناوشات البسيطة تلعب دورها في القتال الدائر بين الفريقين. وكان الجانبان يخططان لقتل أكبر عدد من الاشخاص، ثم طلب بهروز تعزيزات من قوة عسكرية لمساندة الهجوم، وأما الطرف المدافع فقد سلموا أمرهم لله بالرغم من أنهم كانوا قتلة ومتوحشين. . ولكنهم باتوا يدافعون عن كرامتهم وكأنهم بذلك يُكّفرون عن سيئات أفعالهم، فالموت أهون لهم من التسليم.

انقبض صدر الأحدب من غيظه وهو يرقب بمنظاره من مكان ما في زواية البيت في الدور الثاني، أنزوى فيه ليرى ردة فعل الطرف الآخر من خلف ستارة النافذة. وكان يراقب الجنرال بهروز، ثم فهذا الشر الذي لا يصد عن اللهو. يخطط للقتل ويُحظى باحترام الخونة، يقسو ويستبد هازئاً بالعواقب وله ضحكة تجلجل وله لذّة في العبث بالضعفاء ويسمَر في المأتم ويغني فوق شواهد القبور. . اذن غريمهُ قوي وتفادي قتاله امرٌ مُحال.

بدأت خطى الموت تدنو من الأحدب والجنرال يبتسم وجهه

لأول مرة الآن منذ بدء العملية.. ويبسط أول خطوط النجاح في إنهاء الهجوم، ثم أمر قواته بالضرب مرة أخرى.. وتجدد القتال وانتشار دماء الاشلاء ومحاولات اقتحام سور الدار الذي لم يسجل تقدما رغم ان السور قد تهدم جزئياً، إلا انهم فشلوا في التقدم. وفجأة قال بهروز للضابط الذي بجانبه:

ـ عقيد صائب كنت اريدهُ حياً ولكن الان غيرتُ رأيي، أجلبوا القاذفات ودُكوا البيت على رؤوسهم.

لاحظ الأحدب أن الجنرال يشير لآمر ما، وعرف في الحال أن نهايتهم قد اقتربت واخذ الجهاز الصغير واحتمى في أحدى زوايا الغرفة وبنفس الوقت كان يحافظ على القتال وصد المُهاجمين، وكان دقيقا في التصويب وابلى بهم بلاء حسنا، وتارة كان يراقب سير الامور ويوجه المقاتلين لمنع المتسللين من الوصول اليهم ويحثهم على الثبات.

توجهت اليهم فوهات القذائف وبدأت الإطلاقات تدك على البيت بدون استهانة بالمجموعة المقاومة، وتصاعدت الادخنة حتى غطت ارجاء المكان.

ثم هدأ القتال بعد فترة من الضرب القاتل على البيت، وبعد تجلي الدخان ظهرت الاشلاء التي خلفتها آثار القصف المستميت فجدران البيت الامامية قد تهدمت وبهروز يبحث بمنظاره عن جثة الاحدب. ثم ارسل الجنرال بعض الجنود لتمشيط المكان

قبل دخوله للبيت، كان البيت مخيفا والمدافعون قد لقوا حتفهم بالكامل واشلائهم مبعثرة في أركان البيت. أما الجنود فانخلعت قلوبهم بقليل من الخوف، وكانت اصابعهم على الزناد وتدفق قليل منهم الى داخل البيت شبه المهدّم، وأخذ الظلام يخف ويشف عن السحاب، وأخذ الضياء ينتشر رويداً، حتى تراءت للأعيُن جثامين المقاومين، الغارقة بالدماء والمخلوطة بذرات التراب الكَثيفة. وأشار احد الجنود لرفاقه بدخول البيت بعد أن تأكد من زوال الخطر.. وأكدّ لهم هاتفاً بان الجميع قد قضوا حتفهم.

تقدمهم الجنرال بهروز بزهو وسرور وفخر ثم قال للضابط موصيّاً:

- سندخل وسنصور المكان وتبلغون الاعلام بأننا قضينا على خمسين شخصاً من اخطر جماعات القاعدة الارهابية. (المقاومون فقط للتوضح كانوا ٢٥).

- حاضر سيدي. - قال الضابط -.

وما أن وصل سور الدار حتى اشار اليه احد الجنود الذي كان يقف على جثة الاحدب:

- سيدي هذه جثة الكلب كما شاهدته على التلفاز.. هو بعينه الأحدب.

وكان الأحدب مُكبّاً على وجهه مضرجا بالدماءْ يدوس عليه

الجندي مفتخرا بالقضاء على الخطر الذي طالما كان يهددهم.. ثم برح الجندي المكان بأتجاه الجنرال ليرشد الآخير الى مكان الاحدب، وكان الجنرال متعطشاً لإلقاء نظرة على غريمه، والابتسامة والغرور يملآن تقاسيم وجهه الغليظ، أشاح بيده للجندي بأن ينصرف بعد أن عرف مكان الأحدب.. ودخل الدار ومازال يتقدم بزهوهِ المعتاد حتى انطفأت تلك الابتسامة الوقحة واتسعت عيناه وشُلّت حركته، ولاحت منه نظرة استغاثة، جال بسرعة نظره الى الجنود اللذين كانوا منشغلين بانتصارهم ووجوهم ضاحكة ولا يتوقعون شراً سيقع بهم، منتشرين في ارجاء المكان بسلام.. فأدرك بأنّ استغاثته متاخرة لا تجدي نفعا.. فالمنظر بدا كفيلم حرب بالتصوير البطيء.. وملك الموت بوجههِ العابس والغاضب بات على مقربة منهم وسيتلقفهم بضربة من جناحيه بعد ثواني.

ـ الجثة تحركت.. ـ ربّاه انه يتحرك نعم..

ولكن صرخة الاستغاثة قد اختنقت في حلق الجنرال وهو يتسمّر في مكانه لوحده.. بلا حراك فملك الموت اقترب منه وكتم على ثغره لكي لاينبح.

رفع الاحدب رأسه متثاقلا بعد أن طرق سمعه متزامناً مع صوت وقع اقدام الجنرال والقى نظرة المستميت على عين غريمه ورفع جهاز التفجير بيده اليمنى، وها هي ثوان تفصله عن قتل

الجنرال .. وكأنه عاش فقط لتحقيق حلم هذه اللحظة الحاسمة التي ستنهي مأساته وربما مأساة كثيرين .

وبشجاعة لم تعوّد على فعلها، كبس على زر الجهاز بلا تردد، استعار ابتسامة صفراء من الموت وكانت اخر ابتسامة للأحدب يرسمها في وجهه الميّت، حتى دوى انفجار قوي طالت شرارته بنيرانها الهوجاء أغلب الجنود اللذين لم يسلموا من شر الانفجار، لتتمزق اشلائهم وتحترق عرباتهم من فعل الانفجار الضخم .. مرسلة للسماء الزرقاء دخاناً أسود ترفع معها أشلاء وأحجارا وأرواحا لا يعرف خفاياها غير الله .

وقُتل بهروز الذي تلاشت ألاعيبه اللزجة وتمزقت فيها خلايا جسده المسموم بقتل الابرياء على أرض الاولياء، أمّا الأحدب فكان قد غمغم شيئا قبل الكبس على الزر ولربما سمع بهروز ما قاله غريمهُ قبل الموت :

ـ لو كان صدام قاتلي، اهون علي من أن يقتلني كلاب المجوس .

وفي صباح اليوم التالي نفسه نشرت القنوات العراقية خبرا مفاده :

مقتل رئيس تنظيم القاعدة في العراق الأحدب ـ ابو طبر ـ الثاني مع مئة وسبعون من جماعته وتم القضاء عليهم في مزرعتهم التي اعدت معقلا رئيسيا للتنظيم في العراق، بينما كانوا يعدّون

هجوما مستميتا على بغداد. وخُتِم البيان بأنشودة وطنية.

واحتفل اغلب السذّج بهذا الخبر وظنّوا بأن الارهاب قد انتهى وقد نسوا بأن الارهاب الحقيقي هم من يحكمون البلاد.

نبيل غادر العراق الى اسطنبول قاصدا لندن تاركاً وراءه قصصا لم تكتمل بعد، قصص رجال ونساء وشيوخ وأطفال بالملايين، وأشخاص كانوا يحكمون البلد قد لقوا حتفهم وحلّ مكانهم من هم أفظع وأشنع، وكالعادة حكام البلد هم عبيد، امّا الحُكام الاصليون فهم من الخارج، أغراب استلذوا بالخيرات ودماء الأبرياء ونشر الطائفية ورائحة حرائق الانفجارات تخنقُ اصحاب الارض، فهم يعلمون بأن الوضع معقد والمصيبة مُركبّة.

فهل للشيطان عودة ثانية؟ ومن سيكون؟

مؤلفات الكاتب

رسالة لرجل في الأربعين
رياض القاضي

المصير
مذكرات مواطن عراقي
رياض القاضي

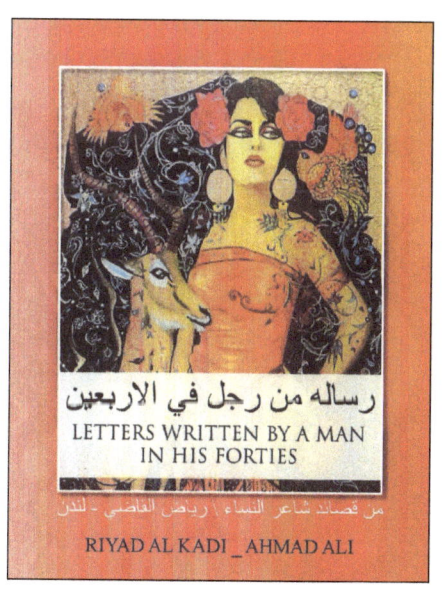

رساله من رجل في الاربعين
LETTERS WRITTEN BY A MAN
IN HIS FORTIES

من قصائد شاعر النساء : رياض القاضي - لندن

RIYAD AL KADI _ AHMAD ALI

THE ERA OF WOMEN
- IN ARABIC -

Riyad ALkadi